中国书籍文学馆·小说林

郝 炜 / 著

到对面去

中国书籍出版社

图书在版编目（CIP）数据

到对面去 / 郝炜著 . — 北京：中国书籍出版社 ,2015.4
ISBN 978-7-5068-4854-1

Ⅰ .①到… Ⅱ .①郝… Ⅲ .①短篇小说—小说集—中国—当代
Ⅳ .① I247.7

中国版本图书馆 CIP 数据核字 (2015) 第 071689 号

到对面去

郝炜　著

图书策划	武　斌　崔付建
责任编辑	张　娟　成晓春
责任印制	孙马飞　马　芝
出版发行	中国书籍出版社
地　　址	北京市丰台区三路居路 97 号（邮编：100073）
电　　话	（010）52257143（总编室）（010）52257140（发行部）
电子邮箱	chinabp@vip.sina.com
经　　销	全国新华书店
印　　刷	北京世纪雨田印刷有限公司
开　　本	650 毫米 ×940 毫米　1/16
字　　数	240 千字
印　　张	14
版　　次	2015 年 5 月第 1 版　2015 年 5 月第 1 次印刷
书　　号	ISBN 978-7-5068-4854-1
定　　价	28.00 元

版权所有　翻印必究

序

李敬泽

"中国书籍文学馆",这听上去像一个场所,在我的想象中,这个场所向所有爱书、爱文学的人开放,不管是白天还是夜晚,人们都可以在这里无所顾忌地读书——"文革"时有一论断叫做"读书无用论",说的是,上学读书皆于人生无益,有那工夫不如做工种地闹革命,这当然是坑死人的谬论。但说到读文学书,我也是主张"读书无用"的,读一本小说、一本诗,肯定是无法经世致用,若先存了一个要有用的心思,那不如不读,免得耽误了自己工夫,还把人家好好的小说、诗给读歪了。怀无用之心,方能读出文学之真趣,文学并不应许任何可以落实的利益,它所能予人的,不过是此心的宽敞、丰富。

实则,"中国书籍文学馆"并非一个场所,它是一套中国当代文学、当代小说的大型丛书。按照规划,这套丛书将主要收录当代名家和一批不那么著名,但颇具实力的作家的长篇小说、中短篇小说集和散文集等。"中国书籍文学馆"收入这批名家和实力作家的作品，就好比一座厅堂架起四梁八柱，这套丛书因此有了规模气象。

现在要说的是"中国书籍文学馆"这批实力派作家，这些人我大多熟悉，有的还是多年朋友。从前他们是各不相干的人，现在，"中国书籍文学馆"把他们放在一起，看到这个名单我忽然觉得，放在一起是有道理的，而且这道理中也显出了编者的眼光和见识。

当代文学，特别是纯文学的传播生态，大抵集中在两端：一端是赫赫有名的名家，十几人而已；另一端则是"新锐"青年。评论界和媒体对这两端都有热情，很舍得言辞和篇幅。而两端之间就颇为寂寞，一批作家不青年了，离庞然大物也还有距离，他们写了很多年，还在继续写下去，处在最难将息的文学中年，他们未能充分地进入公众视野。

但此中确有高手。如果一个作家在青年时期未能引起注意，那么原因大抵有这么几条：

一、他确实没有才华。

二、他的才华需要较长时间凝聚成形，他真正重要的作品尚待写出。

三、他的才华还没有被充分领会。

四、他的运气不佳，或者，由于种种原因，他的写作生涯不够专注不够持续，以至于我们未能看见他、记住他。

也许还能列出几条，仅就这几条而言，除了第一条令人无话可说之外，其他三条都使我们有足够的理由对这些作家深怀期待。实际上，中国当代文学的丰富性、可能性和创造契机，相当程度上就沉着地蕴藏在这些作家的笔下。

这里的每一位作者都是值得关注、值得期待的。"中国书籍文学馆"收录展示这样一批作家，正体现了这套丛书的特色——它可能真的构成一个场所,在这个场所中,我们不仅鉴赏当代文学中那些最为引人注目的成果,而且,我们还怀着发现的惊喜,去寻访当代文学中那相对安静的区域,那里或许是曲径幽处,或许是别有洞天,或许是,众里寻他千百度,蓦然回首,那人却在,灯火阑珊处……

目 录

我早就认出来了 / 001
意　外 / 005
围观者 / 008
汽车的游戏 / 010
鸟的故事 / 014
请　客 / 020
老总的隐私 / 025
帽　子 / 029
白菜粉条蒸饺 / 032
你当我瞎啊 / 036
恐　慌 / 038
五点五十八分的火车 / 044
到对面去 / 051
交　流 / 058
谁打错了电话 / 064
恍　惚 / 071
盘　鹰 / 075
看　戏 / 081

087 / 带　鱼

092 / 和领导同车

097 / 逗　鸟

099 / 上下级

104 / 项　链

109 / 同学会

114 / 老人与蝈蝈

116 / 大王和小王

121 / 祝　寿

127 / 窗外的李子树

133 / 短　信

136 / 做客鹿鸣沟

141 / 试　探

144 / 排骨炖豆角

147 / 我就是要你尝尝

151 / 磨剪子的老人

154 / 古　迹

159 / 杀猪匠

集体户的狗 / 164

香你不给我留一个 / 168

对一个人的了解有多少 / 170

中度耳聋 / 175

散局之后 / 179

从厂子里出来 / 182

作风问题 / 187

经　过 / 192

骗术一例 / 198

后　记 / 201

怀念郝炜 / 203

我早就认出来了

时序这东西就是怪,三月底还下雪呢,一进入四月,街上那些该开花的树就都开了。京桃树红色而坚硬发光的树干上,红的粉的白的花,一下子就绽放了。樱花呢,也打起了粉红色的骨朵,这样一闹哄,整个城市就一下子温暖起来,鲜亮起来。

在这样一个四月开花的早晨,他被妻子晃醒,听见外面有沙沙的声响,他说是不是下雨了?妻子掀开窗帘,看见对面开来的汽车,说,是汽车的声音。

妻子说,对面那家好像要结婚,来了这么多的车。

他起身看了看,果然有很多的车,车身在晨曦中发亮,许多人在门洞里进进出出。其实,头些日子他们就看到对面窗户上贴的喜字了,那时候还下着雪呢。

他说,你儿子啥时候结婚啊?

妻子把窗帘拉开,屋里一下亮堂起来。

妻子说,反正早晚得结婚,我儿子不急我就不急。

他说,你也不敢问吧?

妻子说,问啥呢?到时候就结婚了。

他们就这么打着嘴仗，起来了。他们走出屋门，外面的空气很新鲜。

走在江边的路上，江水汹涌，好像开闸了一样，远处的铁桥矮了一截，水真的是很大，是不是上面的丰满大坝放水了？他们猜测地说。他们看到那些花朵，是丈夫先闻到花的香味的。丈夫边跑边吸溜着鼻子说，真香啊，真香啊！妻子那时还戴着口罩，季节的变化总使她不适应。

前几天还下雪呢，这花怎么说开就开了？她疑惑地说。

她摘下口罩，贪婪地吸了几下花的香味，脸上绽出了红晕。

他们继续沿着江边走，江边上栽的树都是开花的树。他们看见对面有个人跑过来，是个年轻人，一瘸一拐的。

丈夫先慢下来说，哎，老林，你看，那是不是孙姨的那个孙子啊？

妻子回头看了看说，是挺像的。

丈夫说，我看就是，是那个摔瘸了的孩子。

妻子没吭声，也没站住，只是边走边把口罩戴上了。他也不得不跟上妻子的步伐。

他们每天的折返点在风筝岛那儿，那儿有许多放风筝的，今年的风筝好像有点变化，不光是八卦、三角、章鱼，还有一个老虎在空中张牙舞爪。放风筝的都是中老年人，一个孩子也没有，孩子们都忙着上学去了。

妻子在沿江的台阶上做俯卧撑，妻子身材娇小，动作灵活。他却懒懒地在旁边看着。妻子起来后，发现一个让她惊讶的事情：一个小青蛙骑在一个大青蛙的身上。她喊丈夫过来，她说，你看，它们在干啥？

丈夫笑着说，也是在做俯卧撑呢。

她生气地说，你骗我，它会做什么俯卧撑？

丈夫说，你小声点，你真的不知道啊，亏你还下过乡。

这和下乡不下乡有啥关系啊？妻子说。

这是青蛙在交配，丈夫说，它们的交配叫"抱对"，上面那个小的叫公抱子，下面的那个大的叫母抱子。你不是常吃蛤蟆油吗？有油的就是母抱子。

你咋啥都知道呢？妻子小声嘟哝着。

这是常识。丈夫说，只是你们女生不敢问，呵呵。

还常识？我们咋不知道？妻子说。

丈夫说，可不就是常识。

妻子说，你们男的就是愿意关心那事儿。

丈夫说，嗨嗨，都是常识。只要下过乡就知道。

妻子说，你别蒙我，常识我们女生咋不知道。

丈夫挠着脑袋说，那谁知道，反正我认为就是常识。

丈夫想起来，刚下乡的时候，那些女生看着牛马交配，都是喊着"马打架了""牛打架了"，她们也许真的不知道。男人和女人关心的事情可能真的就不一样。

回来的路上，妻子看见护堤上的那些曾经旺盛的藤类植物，它们的枝条干瘪着，匍匐在地上，好像还没有从冬天醒来。

这地方要是种上草莓该多好，妻子说。

长出来了愿意谁吃谁吃，妻子又说。

丈夫觉得这才是女人想的问题，他不禁为妻子的创意叫好。

不过，他立刻说，这肯定是有规划的，不能乱栽。

妻子嘟哝着说，那个管规划的人肯定不爱吃草莓。

丈夫认真地说，嗯，他不喜欢，一定是的。

那个一瘸一拐的人又跑回来了。

丈夫一指那个人，说：那人真的像孙姨的孙子。

妻子扒拉他一下，说，你别指人家好不好？

丈夫回头回脑地说，真像。

妻子说，什么真像，就是。

春天的风拂面而来，江水的气息、花的气息、草的气息，混杂在一起。他想起了儿子小时候淘气的样子，那时候妻子还在那家部队托儿所，和孙姨在一起工作。妻子是大班老师，孙姨是小班阿姨，自己的儿子就在小班。儿子爱哭，总愿意让人抱着，一放下就哭。妻子只要听到儿子在隔壁哭，就敲着墙喊起来了，孙姨——。孙姨就说，知道了。孙姨就把孩子抱起来哄，咦咦咦，咦咦咦的。她自己的孙子也在那个班上，却因为不注意，有一天从床上摔下来，他的腿就是那次摔瘸的……这温馨又夹杂点痛苦的记忆让丈夫回味不已。

丈夫忍不住追上她问：你确定真的是他吗？

嘿呀，走吧你。妻子说，怎么不是？我早就认出来了。

意　外

　　一出小区的门他就想起来了，自己兜里没有零钱。没有别的零钱不要紧，恰恰是没有他需要坐公交车的一元钱。他实在不想回去取，再说时间也来不及了。

　　他四处望了望，看见经常去擦鞋的那个小店早早开了，一个陌生的伙计蹲在门口修鞋。他想，擦鞋店有的是零钱，让他们破一下不就行了吗？他走过去说，伙计，破点零钱好吗？伙计抬了抬头，说：我是打工的，我说了不算啊。他说，我知道你是打工的，你们老板我认识，我经常在你们这擦鞋。伙计头也不抬地说，那你和老板说。

　　他推门进去，四下无人。他说，老板。没有人应。他又喊老板，终于有声音从卫生间里传出，不是回答，而是呜呜声，好像在哭。一大早的哭什么？他想。他走过去，隔着门说，老板，我要换点零钱，坐车用。那人说，不换。他听不出是不是那个小老板，依然说，我常在你这里擦鞋，就换五块钱。那人瓮着鼻子说，不换，不换，你快走！那人说话简直是在吼。

　　真是莫名其妙，不换就不换呗，吼什么？他悻悻地走出门去。

他往前走了走，看见一家卖彩票的开着门。妻子总上这里来买彩票，好像一次也没中过，要不就是中了也没和他说，但估计没中过大奖，妻子是个装不住事儿的人。他忽然想，买个彩票也行，万一中了呢。他走进去，一个小伙子正在扫地，问：买什么彩票？他说，随便，买一张就行。小伙子说，号码呢，随机吗？他不懂什么随鸡随鸭的，说快点就行，他还着急走。小伙子显然对这样的人见识多了，不厌其烦地解释说，我给你买的是体彩，是……，他打断小伙子的话问道，什么时候开奖吧？小伙子说，晚上。小伙子还想说什么，他已经拿着彩票和零钱走人了。

他想，呵呵，什么都是定数，万一中了呢。他听说过许多一夜暴富的故事，许多人就像他这样，无意中买了一张彩票就中了大奖，他多希望自己因为这一次意外中个大奖啊。

坐在公交车上，他还在回味着刚才的事情，他想一切都是注定的。有的开始就是结束，有的结束才刚刚开始，谁知道呢？比如刚才擦鞋店的受挫，比如刚才买彩票的顺利，塞翁失马，安知非福？要不要告诉妻子一声，他拿出手机，想了想算了。

要是真中了呢？他想

这几乎不可能，他又想。

他傻傻地笑了，那一刻，坐在公交车上的人肯定觉得他有些不正常。

晚上，他路过那个彩票站，那里有好多人，他们都在研究墙上的表格和曲线，小伙子懒散地坐在电脑前。他把彩票递过去。小伙子看了看，从机器里过了一下，又过了一下，说，中了。他心里一阵高兴，但通过小伙子冷漠的表情，他看出不是什么大奖。五元，小伙子说。五元也行，他想，五元也是偏得啊。他拿着中奖的五元钱心情愉快地往家走。

路过擦鞋店，奇怪，连灯都不开，早早关了门，出什么事了？他想，心里有些快意，出事才好呢，谁让你不给我换零钱了。

一连几天，路过擦鞋店，都是关门。他想，是不是干不下去了，是不是黄了？黄了才好，黄了我就到别的鞋店去擦鞋，他下决心不再去那个店了。

终于有一天，他发现擦鞋店的灯又亮了。他惊讶地看见那个小老板依然坐在柜台上，只不过表情有些发呆，感觉瘦了很多。也许是夜间的缘故，也许是那明亮的灯光，也许是小老板的神情，总之他忽然想进去和老板说一说，问他那天是为什么？

老板一看是他，还没等他问就连忙说，那天，真抱歉。

他说，哦，不过，为什么……

老板的眼圈忽然红了。

老板说，那天早晨，我父亲他……我正在哭，你就……，真对不起。

他这才注意到老板臂上的黑纱，他愕然了，也一下子明白了。

随后，他坐到那个熟悉的椅子上，很自然地把鞋放在托架上说，擦三块钱的。

老板莫名其妙地拿着刷子望着他，明明收费是一元，三块的怎么擦啊？这不是难为人吗？

他笑了笑说，今天我就是要给你三块钱，因为那天你让我挣了三块钱，所以我今天要感谢你。

夜色已经从四面合拢过来，小店的霓虹灯亮了起来。

围观者

一台轿车碰了一辆自行车，事情发生在我上班必经的延安街铁路桥洞子里。

我路过的时候，好像双方已经过了说理争吵期，基本上互相达成谅解，只是还有一些余波。

两个年轻男子显然是肇事者，我近前细听，他们正在反复询问那个被撞的女子要不要去医院看一看。那个四十岁左右的女人扶着自行车有些犹豫，她不断地弓起自己的右腿，验证是不是发生了问题。在反复验证后，她表示不用去医院。依我看，这件事情已经结束了，皆大欢喜。交通事故，人不出事儿比什么都强。看得出，那个女的急于上班，她已经翻身骑上车，而两个年轻男子也钻进了轿车，轿车开始发动起来。

围观者并没有散去。大家议论着，好像不甘心似的。

那女的骑了两步，感觉不对，停了下来，原来是车圈瓢了。

有两个围观者跟了过去。我也跟了过去，我想看看他们要干什么。

一个很大岁数、戴着口罩的男人说，你腿没事儿吧？

女的一脸轻松地说，没事儿，吓了我一大跳。

戴口罩的男人说，整个过程我都看见了，他们呼地冲过来，太快了。大冬天的，哪有开那么快的？他们要是不讲理，我会为你作证。

女的说，谢谢，眼睛依然看着车圈。

另一个有些秃顶的男人说，你应该记住他们的车号。

女的说，记着呢。说着，扬起自己的手，手上的字迹已经有些模糊。

这不行。那个秃顶的男人说。他呼出的哈气围绕在他的周围。说他是秃顶不很确切，几根稀疏的头发被风吹起后，在他的头上蠢蠢欲动。他不由自主地抓住女人的手看了看，遂坚定地说，这样不行。他四处摸着兜，仿佛是要找什么东西——诸如是一支笔吧，最后遗憾地摇了摇头。他又灵机一动地说，你不是有手机吗，你应该把车号记在手机上。女的恍然大悟，掏出手机嘀嘀嘀地把车号记在手机上。

秃顶的男人充满正义感地走了。戴口罩的男人并没走，继续很负责地问道，你的腿真的没事吗？

女的再次活动活动自己的腿，显然是没事。

他说，你的车圈瓢了，你不能这么就放他们走。

女的说，他们已经给了我修车和看病的钱了，我知道前面有个修车铺。再说，我上班快要迟到了。

戴口罩的男人说，我怎么没看见给钱？他们给了你多少钱？

女的已经有些不耐烦，推车向前走，她显然是着急了。

这时，那辆惹祸的汽车才从旁边开过去，他们向女的按了一声喇叭，女的抬头看看，挥了挥手。

戴口罩的男人站下，望着我不无遗憾地说了句，白瞎这样好机会了。

汽车的游戏

儿子刚说要买车，老刘两口子的神经就被牵动了。

照理说，儿子在北京工作，买来的车也不能给他们坐，或者说是很少能坐得上（老刘两口子一年只去一趟北京），可是他们作为父母的，能不高兴吗？

老刘他们那代人大都没有自己的汽车，老刘在单位原来也是配车的，可那是公家的汽车，和自己关系不大。儿子刚参加工作三年就要买汽车了，还不用他们两口子贴补一分钱，儿子他们这一代就是能啊。

得到消息，老刘迅速上网，查看儿子要买的那款汽车。儿子说，他想买的车叫"别克"。老刘上网一查看，那车准确的名字叫"别克凯越"，车子看上去挺大方的，有好几个款式和颜色。他和妻子立刻就款式和颜色讨论起来，老刘认为黑色的好，黑色的沉稳；妻子认为银灰色的好，干净！

两口子讨论半天，争得面红耳赤，谁也争不过谁，妻子一赌气，走了，上街去了，把老刘晾在家里，中午只好自己煮面条。老刘想，这是何苦呢，是儿子买车，又不是他们买车。

晚上，妻子回来了，买了一大堆东西，除了一件衣服之外，都是给老刘买的吃的。老刘有糖尿病，但他又嘴馋，愿意吃糕点。这糕点贵还不说，只能到福源馆去买，别人家他们不放心，也信不着。

妻子虽然还绷着脸，但老刘看得出来，妻子早就消气了。他接过妻子手里的东西，立刻像馋嘴猫似的吃了起来。妻子则在镜子前比量着那件新衣服，问他好不好看，他连忙说好看。

晚上，儿子来电话了，妻子碎嘴子似的，把他们怎么争吵，对颜色的分歧，一一汇报给儿子。刚汇报完，儿子那边就笑了，儿子说，我都把车提出来了，我刚要告诉你们。

妻子连忙问，你买的啥颜色的？

儿子回答，红色的。

两个人面面相觑，都觉得挺不是滋味，怎么买了个红色的车。但既然儿子已经定了，而且已经把车提出来了，那他们还争辩啥。

儿子说，我还真没想到，你俩对车的颜色这么关心。

他进一步跟他妈解释说，妈，你不懂，凯越车红色的最漂亮，你们没细看，那种颜色一般车没有。不信你让我爸再上网查查。

妻子撂下电话，还是有些不舒服。她跟老刘嘟哝，你说说这孩子，非买个红色的，也不跟我们商量商量。

老刘借坡下驴地说，既然已经提回来了，还说什么？红的就红的吧，他自己喜欢就行。

老刘又上网查查，过去没注意这个颜色，这回两口子凑着头仔细端详了一下，还真像儿子说的，这款红色的车真是不错，不很鲜艳，是那种很凝重的红色。

老刘的思想转变得也比较快，管他红的黄的呢，儿子又不用咱拿一分钱（他不知道妻子拿没拿，老刘家的财权和大多数家庭一样，是在妻子手里把控），只要是儿子自己喜欢，别人的意见不重要。在家庭教育上，老刘其实一直是挺民主的。

妻子似乎也被说服了。

其实，服不服的没用了，儿子已经买回来了。

再上街，他们的目光就有了着落，他们愿意看红色的汽车。每当看到有红色的汽车飞驰而过，他们的目光都要追随。

看，红色的。妻子会说。

老刘的目光跟着一转，就说，不过不是"凯越"。

妻子说，你怎么知道？

老刘说，我这个人有特殊功能，啥东西只要入我法眼，就会牢牢记住。

妻子嘘着他说，真能吹。

老刘说，咋能吹了，你还没领教过么，当初我不就是看你一眼，就牢牢跟定了么？

妻子的脸忽地红了。说，去！

过去与汽车相关的事情，在他们眼中仿佛无物，现在不同了，现在儿子也有汽车了，他们就多了一种关心。有时候，两个人走着走着，看到停着的红色的汽车，妻子就要一捅咕他，看，红色的。

老刘瞄一眼，不是凯越，但老刘没有揭穿。老刘看着妻子鬼鬼祟祟接近那辆汽车，就抱着膀子站在一边微笑。等妻子悄悄回来，老刘胸有成竹地说，不是吧？

妻子沮丧地说，不是。

因为儿子告诉她，凯越的标识很像三个向下的子弹头，里面还有三个不同颜色的斜杠杠，这她牢牢记住了，只有儿子说的话她能记住。再看颜色，也不对，不是那样的红色。

妻子埋怨他，你早就看出来了，也不告诉我。

老刘说，你不信我的啊，你非要到跟前去看啊。

时间一长，妻子也似乎看出了门道，休息日再上街的时候，他们有了一个独特的游戏。

驶过一台红色车辆，妻子说，凯越。

老刘说，对。

又驶过一辆，也是红色的。

妻子说，凯越。

老刘说，错。

老刘在一边做评判，老刘说对的时候，妻子就兴高采烈。老刘说错的时候，妻子就黯然失色。老刘发现，妻子已经逐渐对那种红颜色有了特殊的敏感和判断，猜对的时候越来越多了。

再后来，有红车驶过，妻子的目光远远一搭，就会不屑地说，这红的，不行。

老刘就会故意问，咋的呢？

妻子就会撇一下嘴说，一点也不正宗。

然后还要自豪地补充说，跟咱儿子的车比，差远了。

其实，他们那时候，谁也没有真正看到儿子的汽车呢。

鸟的故事

三疗区的曾广林经常来找周启龙下棋,周启龙在二疗区,两个疗区是对面楼,中间隔着一个被浓荫和花草覆盖的花园。

两个人就在楼下的石桌上下棋,阳光静静地照在花草上,热烈而温暖。这时,头上骤然传来一声鸟叫,清脆,嘹亮,叮叮的。

周启龙往树上望望,头上一片浓荫,看不出什么名堂。阳光斑驳地照在他们的脸上,使他们的脸看上去也有点斑斑驳驳。

曾广林说,看啥,是个鸟窝。

周启龙说,你怎么知道?

曾广林说,我从小就捉蛇打鸟的,这点经验还没有?不是鸟窝,咱们在下面这么扯旗放炮的,鸟还不早跑啦?

说的也是。周启龙想。他把心思回到棋上,也用两个棋子敲,啪啪的。

一个孩子在草地上跑,追逐蜻蜓。好像很笨拙,又很蛮横。抓不到蜻蜓,就把自己的脚使劲往树上踢,踢疼了就坐在地上龇牙咧嘴,只做表情,不吭声。周启龙觉得这孩子有点意思,他问曾广林,这孩子是谁家的?曾广林说,我们屋曹飞白家的。周启龙问,哪个曹飞白？曾广林就回答，12床，那个络腮胡子。周启龙有点印象，每次他去看曾广林，都见有一个人蒙着头躺在床上，偶尔拽开被头看人，也是面部阴郁，毫无热情。周启龙记住了他那一脸络腮胡子。

周启龙说，他怎么把孩子往这儿领？咱这是传染病院，把孩子传染了呢？

他离婚了。曾广林说。你管那个干啥？——将！曾广林又说。

周启龙这才顾了一下眼前，说，你啥时候把我的炮吃了？

周启龙回到病房里，站在窗前往下看，发现居然能看见那个鸟窝，鸟窝就挂在斜伸出来的一个树枝上。

外面正在下雨，天阴森可怖。雨哗哗哗哗地下着，瓢泼似的，打在树叶和地面上。树叶和花草在雨中瑟缩着，噗噗噗噗地乱抖。地上到处泛起白白的水泡儿，很快就形成了细细的溪流，往低处流去。水泥方砖铺成的甬道和石桌椅在雨中发亮，好像反光似的。

这么大的雨，鸟儿能受得了吗？周启龙站在窗前想。

周启龙看见一只鸟儿伏在窝里，竭力把翅膀伸展开遮盖着什么，另一只鸟儿围着鸟窝跳来跳去，不时地发出鸣叫，"啾"的一声，又"啾"的一声，仿佛是很焦躁。树叶上的雨水在它的跳动中不断被震落。

它是在孵蛋。周启龙望着那只蹲在鸟窝里的鸟儿想。这时，曾广林领着那个孩子从病室里跑到阳台上。孩子嘻嘻哈哈地笑着，很开心的样子，对面的阳台上一下子生动起来。孩子拽着曾广林的手走到阳台边缘，他把手伸出去接雨。曾广林也哈哈笑着，拍打着自己光着的膀子，把手臂伸进雨水里，雨急骤地落在曾广林粗壮的胳膊上，水花四溅。孩子再次哈哈笑了起来，笑得前仰后合。

后来，雨停下来的时候，他忍不住又站到了窗前。阳光重新把树的枝叶镀亮，叶子上还滴着水，绿得惊心。他看见那只雌鸟从窝里飞出，落在树枝上，抖了抖翅膀，雄鸟却不知去向。树下落了许多青杏，指甲那么大，一颗一颗的。

第二天两个人下棋的时候，周启龙显得心神不定或者说心不在焉，他总是偶尔抬起头，往树上望望。

瞅啥呢你啊？曾广林问。

没瞅啥，周启龙说。他不想让曾广林知道他的心思。那也不叫心思，不知为什么，他想近距离地看看那个鸟窝。

周启龙拿起棋啪的一下，吃掉了曾广林的一个卒子。

曾广林也啪的一声走棋，不慌不忙地说道，将！

周启龙有些傻眼，曾广林啥时候把他将死了，这才走几步啊？

曾广林吹起了口哨，曾广林唱道，啊呀啦，啊呀啊啊呀啦。根本就不知道是什么歌。

曾广林说，你反思反思，我上屋里找火去。

曾广林摸着兜边走边嘟哝，这孩子，把我的打火机弄哪去了？

曾广林一走，周启龙猫腰抱起一个石凳子，几步移到了树下，蹬着凳子就上去了。他急切地拨开树枝，那只雌鸟急切地叫了起来，在不远处的树枝上跳来跳去，发出不安的声音。鸟窝就在周启龙的面前，不是很大，鸟蛋们安静地挤在一起，周启龙数了一下，是五个。鹌鹑蛋似的，白色中缀着褐色的斑点。周启龙拿起一个看看，鸟蛋在手里暖乎乎的，残留着雌鸟的体温。雌鸟又剧烈地叫了起来，周启龙立刻把鸟蛋放了回去。周启龙正打算下去，就听见浓荫下传来曾广林的声音。

你干什么呐？曾广林说。

我在看鸟，嗨嗨，鸟蛋。周启龙兴奋地说。

曾广林说，有什么好看的，快下来吧，那鸟厉害着呢，小心它急眼了啄你。

周启龙看不见曾广林的面孔，只能听见他干巴巴的声音，感觉上曾广林好像在和别人说话。那只雌鸟就在他的头顶上，瞪着恶狠狠的小眼睛。他心头一惊，连忙把头从树枝间缩回来，看到曾广林正翘着腿在那里喷云吐雾。

周启龙说，咋，今天不下了？

曾广林抹搭着眼睛说，不下了。

周启龙说，往天都下满三局，今天咋改了呢？

曾广林看有个棋子上有雨点，他吹了一下，放在盘里，说，你今天不在状态。

周启龙有些急眼，这是从来没有过的事情。周启龙说，不行，再来一盘。

曾广林已经夹起棋盘走了。

周启龙被晾在那儿，有点愣眉愣眼。阳光很灿烂，有几十只蜻蜓在头顶上飞。

周启龙早晨醒来觉得有些异样，他没有听见鸟叫。走到窗前望了望，鸟儿没在窝里。

怎么会不在窝里呢？周启龙惴惴不安地想，心里充满了不祥的预感。

洗过脸，刷完牙，连忙就去了楼下。周启龙蹬上石凳，拨开浓密的枝叶，看到的情况让他大吃一惊：鸟巢空空的，不光鸟没有了，连鸟蛋也不翼而飞。

谁这么缺德啊？他脑袋里一炸。

他气冲冲地蹦到地上，有些焦躁。地上的青杏还在那里，它们像瞪着的圆圆的眼睛，让他有些生气，一脚踩向它们，竟是无声无息。他想到了曾广林，想到了那个孩子，会不会是他们干的呢？

吃饭的时候，曾广林也没来，不知道他干什么去了。周启龙想问问曾广林，问问那鸟，可是曾广林偏偏没来。

回到病房里，周启龙的心情有些糟糕，他在屋里转来转去，转来转去，像个无头的苍蝇。护士来给他打吊瓶的时候，针扎得时间长了点，他就大喊大叫起来。值班护士望着他，觉得莫名其妙，这个平时性情温和的人今儿个是怎么了？

后来，他就眼睛木木地盯着头上的吊瓶，看着药液顺着透明的塑料管流进自己的血管里。他听见它们发出滴答滴答的声音，其实根本没有声音，他已经幻听。他还听见了鸟叫，这让他一次一次从床上起来，举着吊瓶站到窗前。他头一次不知道药液是什么时候打完的。都回血了，也不知道喊我。护士拔针时，嗔怪地嘟哝。

下午，曾广林照例在阳台上喊周启龙，老周——，老周——，这回他没听到回应，也没看见周启龙出现在窗前。曾广林以为周启龙在睡觉，就夹着棋盘，踢踏踢踏地踱过来，却见周启龙躺在床上，默不作声地看报纸，报纸把他整个头脸都罩住了。从曾广林的角度看，周启龙好像是缩进了那些报纸里。

怎么了？曾广林问。

周启龙没吭声，也没把报纸拿下来。

曾广林说，你倒是放个屁啊，我那么喊你你听不见咋的？

周启龙"哗啦"一下把报纸丢在床上，阴沉着脸子说，你把鸟窝掏啦？

鸟窝？曾广林说，我掏鸟窝干什么？

周启龙说，不是你干的？

曾广林说，你看你看，我这么大个人掏鸟窝干什么？

周启龙坐了起来，床嘎吱一响。周启龙说，真的不是你干的？

曾广林说，你看你看，你这人。

走吧，下棋去。曾广林拽着他说。周启龙半信半疑地跟着曾广林走到楼下，走到那个石桌子前。

曾广林"啪啪"摆好棋，对周启龙说，你傻呀，疗区这么多人呢，你咋就把这种坏事往我身上想。

周启龙说，不是你更好，你昨天的话让我不放心。

他们又开始下棋，头上无声无息的，后来刮起了风，风摇动树叶，哗啦哗啦的，响得周启龙心烦。

恰在这时，那个小孩跑了过来，手中提着鸟笼。小孩边跑边问，曾叔叔，曾叔叔，这鸟咋不吃不喝的呢？

请 客

女人的生活本来很有规律。提前退休后，她也焦躁了一阵子，和所有刚刚退下来的女人一样，想找个工作。可啥工作用得着退下来的人呢？

她也曾利用丈夫的关系，去了两家公司，可不知为什么她干了一阵就不愿意干了。不是工作不好，是工作太好了，太没意思了，人家就是养着她，给她白开钱呢。后来，她上了小弟开的一家公司，做饭，每天就中午一顿，一个月给五百。其实钱不钱的无所谓，她就是想找个活干。时间一久，她看不惯其他员工的懒散和浪费，就总想说一说，比如白天厕所不关灯了，比如谁提前把做午饭用的干豆腐、黄瓜吃掉了。她显得小肚鸡肠、唠唠叨叨。小弟是和别人合开的公司，员工们不敢和小弟说，却到合作方那里反映。人家反映的意思就不一样了，说小弟的姐姐什么都管，像老总似的。

小弟知道了，就委婉地劝姐姐，姐，咱能不能不管那些事情？她说，那怎么行呢？这是咱自己家的事情，我能不管么？然后，姐姐历数公司的毛病，当然都是鸡毛蒜皮的事情，但在姐姐眼里都是大事情。小弟哭笑不得，就和姐姐摊牌了，说你要是这样，就别来了。姐姐觉得挺委屈，但转而一想，自己在这里给小弟添麻烦还真不如回家。小弟看着姐姐委屈的样子，觉得自己有些过分了，就说，姐，咱不在这做了，这样吧，我和哥全家每周上你那里吃一次饭，你好好亮亮手艺，我适当付点加工费行不？她知道这是小弟给她面子，给她台阶下呢。父母去世早，她在家里是老大，她巴不得他们来呢。但小弟的话还是让她觉得不舒服，她说，你别跟我整事儿，你们来我这吃饭姐欢迎，你要是给钱，姐不伺候。

就这样，形成了周六或者周日在大姐家吃饭的惯例。

今天恰好是周六，他们计划请大弟、小弟两口子来。

她先给小弟打个电话，她知道小弟忙。电话通了，小弟说在湖北，她奇怪，他什么时候去的湖北？刚刚过了十一他就去湖北了，真够辛苦的啊。心里就有些不是滋味，怎么就不和我说一声呢？只好给小弟媳妇打电话，小弟媳妇正在外面打麻将，说好啊，我正愁做饭呢，不过我帮不上你忙了，还有一圈，打完麻将就过去。她说，行行，你玩你的，我自己忙得过来。她想，用你帮什么忙啊，哪次用你帮忙了，能来就行了，你们越帮越添乱呢。她又给大弟打电话，大弟说要等下班。大弟下岗后在小弟那里帮忙，私营企业自然不能随便，大弟很自觉，别看是给弟弟打工，他从来不过分。

她想，呵呵，都忙，就我一个闲人，倒好像求他们似的。心里就有些不舒服。

她对丈夫说，小弟走了也不和我说一声。

丈夫说，说一声能咋的，人家的事儿，你也帮不上什么。

她想起头些年小弟刚创业时，那时小侄女还小，动不动就交给她带，每到周六她和丈夫领着小侄女去学钢琴，走那么远的路，他们毫无怨言。小弟像个馋嘴的猴子，到家就像到自己家。现在翅膀硬了，出门连招呼都不打就走了。

想归想，做归做，她还是开始早早准备晚饭。她想给两个侄女做一个排骨炖豆角，她知道她们都爱吃。她把十一前就存放在冰箱里的豆角拿出来，暖上。豆角毕竟在冰箱里放了很长时间，它们需要解冻。还有排骨，也是早就买好的。这些，原来都是为儿子准备的，可是儿子回来这跑那跑的，没在家里吃几顿，就没有做上。她愿意把什么都放在冰箱里面，所以她的冰箱总是满满的。有一次，丈夫拉开冰箱吃惊地说，你这哪是冰箱啊，是百宝箱啊。丈夫讽刺地说，你干脆买个冰柜得了。

大弟弟不爱吃肉，从小就那样，他喜欢吃虾，她赶紧去超市买了半斤鲜虾。虾太贵了，要不是大弟喜欢吃，她是绝不会买的。两个侄女呢，也不能光是排骨炖豆角啊，大侄女爱吃锅包肉，这没问题，肉是现成的；小侄女爱吃蒜薹炒肉，蒜薹也买了。大弟媳妇爱吃什么呢，她有些想不起来。大弟媳妇是个老师，大概平常讲课讲累了，在家里总是默不作声，让她把握不定她喜欢啥。大弟媳妇最常说的是，我没事，我啥都行。啥都行的人不好伺候啊，就像儿子，总说随便，随便是什么？小弟媳妇倒真的是随便，给啥吃啥，人家啥都见过，来了就是给你面子。她喜欢小弟媳妇的爽快劲儿。

忙活了一下午，两个侄女先到了。她们叽叽喳喳的，两个女孩也是一台戏，一会儿抢着看电视，一会儿抢着玩电脑。两个孩子差不了几岁，一个上了高中，一个还在初中，但是毕竟大的还是有大的样，可着小侄女玩。小侄女也是怪，姐姐玩什么她就凑过去玩什么，最后就都是姐姐让开。小侄女高高兴兴地坐到电脑前，但姐姐也还嘟哝，你一个小孩子，上什么QQ啊，有啥聊的啊？小侄女说，就你有聊的，我们探讨海贼王呢。大侄女笑了，还探讨？就你们？

小侄女就晃着脑袋气她，就探讨，怎么了？

眼看着五点多钟了，大人都没来，她挓挲个手不知该不该做。小弟媳妇先来电话了，说他们还要打一圈，吃饭来不了了，到时候来接孩子。她在电话里解释，不好意思啊，姐，他们不让我走，我赢了走不脱啊。

她赶紧让大侄女打电话，看看那两位有没有啥变化？要是都有变化，她这饭就不知道怎么做了。果然都有了变化，大弟这边加班，要七点多才能完，媳妇那边要给学生补课，都来不了了。

她忽然有些气馁，有些没情绪了。

整个一天，她没琢磨别的，就为了这顿饭。她想，大虾不做了，放冰箱里，锅包肉不做了，肉就不用拿出来了。两个侄女，一个排骨炖豆角再加蒜薹炒肉就够了，做多了也是剩。

丈夫凑了过来，摸着她的肩。丈夫是她肚子里的蛔虫，洞悉她的一切心理活动。

丈夫说，不来就不来，我俩侄女不是在么，她们代表了。大虾给我做了吧？

她说，去，你也不喜欢吃，还是给大弟留着吧。

她有些感动，她知道丈夫在安慰自己，她的眼泪差点掉下来。

你怎么知道我不喜欢吃？我不说就是不喜欢吃啊？丈夫说。

她忽然有些愣怔，是啊，她还真没注意他喜不喜欢吃大虾呢？她这些年心思都放在儿子和弟弟们的身上，对丈夫反而淡了。

她说，那就做。然后去开冰箱门。

丈夫笑嘻嘻地制止了她，我是说说而已，考验你一下。

她推了一下丈夫说，咱俩你还考验啥，想吃就吃呗。

丈夫开始帮她切肉。其实今天不用丈夫上手她也忙得过来，估计丈夫是习惯了，每次请弟弟们都是要丈夫帮忙的。但她还是让丈夫切了。她在旁边看着丈夫忙碌的样子，他的两鬓已经白了，头也秃了，很稀少的头发……她忽然有些心酸。

丈夫抬起头来说，你怎么了？快洗菜啊。

她忍住那快要淌下的眼泪，用手擦了一下眼角，连忙把那绺蒜薹放在水池里。

老总的隐私

小米没有想到自己会无意中发现老总的一桩秘密。

那一天，老总让小米把自己写的方案存到他的电脑里，老总当时正在接电话，电话很啰唆，老总当时捂着话筒说"E"，小米就明白了，老总是让他把方案存在 E 盘里。小米就打开 E 盘，E 盘里有很多文件，其中就有两个文件夹上都写着"方案"。小米知道老总同时让好几个人写方案，早就想知道其他方案的内容。小米存好自己的方案之后，想，真是天赐良机啊。小米立即行动，把另两个标有"方案"的文件夹复制到自己的 U 盘里，然后退出了 U 盘。

小米说，完了。老总的电话还没完，老总点了点头，表示知道了，小米就退出了老总的办公室。

小米回到自己办公室。小米的办公室严格来说不是自己的，他们是平台办公，就是有很多人都在一起办公，平时各忙各的，看不出有人，可是一有啥事大家就都伸脑袋，好像那些平台后面长出了许多脑袋。小米在自己的工作平台上的电脑里，迫不及待地打开那个文件夹。小米立刻傻眼了，这哪里是什么方案啊，都是些照片，而且是很私密的照片，是老总和女同事的照片。

小米吓得立刻就关掉了，把 U 盘拔了下来。

小米回到家里，把屋门关上，仔细地看那些照片。照片上的女同事他当然认识，不仅认识，那个女同事就坐在他的对面。在他的印象中，这是一个天真、率性、很有品位的女孩，他曾经多次试图接近她，但都被她拒绝了。给小米的感觉，她的拒绝也不是很彻底，还给他留有余地，事情最怕留有余地，如果是彻底就好了，小米就不存在幻想了。小米一直以为这是一个冰清玉洁般的女孩，无论如何不能想象她和老总还有这么一腿，小米对她立刻充满了鄙视。

第二天上班，小米哼哼着歌曲，一副得意洋洋的样子。小米平时总是谨小慎微的，轻易不怎么张扬。女孩看着他觉得奇怪，女孩捧着茶杯，好像在用那茶杯暖手，又好像怕烫着，随时准备扔掉似的。女孩的眼睛里全是好奇，往日，就是这个好奇劲儿，让小米觉得她天真，觉得她单纯。那双大眼睛仿佛会说话似的，眼睫毛忽闪忽闪的，这双大眼睛也让小米动心，他觉得那里是一泓纯净的水，没有受到任何污染。在此之前，他真的就是这么想的。可是现在不了，现在的小米就觉得女孩的一切都显得虚假做作，一切都有些恶心。

女孩说，小米，发财啦？瞅你高兴的。

小米说，我能发什么财？没有资本啊。

女孩就凑过来说，什么是资本？谁有资本，我们不都是这个样子么？

小米说，你就有资本啊。你青春漂亮，那不就是资本吗？

女孩立刻不高兴了，说小米你有没有意思啊？这话说得这么没劲。

小米说，谁有劲你和谁说去啊。

小米说着，啪的一声把凳子拉开，坐在电脑前。

小米收到女孩的一封电子邮件，你怎么了？

小米看都不看那个女孩，在他的眼里那个女孩已经一落千丈。

可是这样一来，那个女孩却不断地给他发邮件，小米一封也不回。

终于有一天，女孩走过来说，小米，我能请你吃饭么？

小米早就盼着这一天呢，可是还是有点犹豫。那些照片的阴影还在，挥之不去。

女孩的眼神快要哭了，女孩说，你为什么突然不理我了呢？

小米从来没看到过女孩的这种表情，女孩从来都是天真快乐的，像一个飞来飞去的燕子。小米还是回绝了，小米想，你可以有你自己的生活，但你不能虚伪，你不能同时还装出一副清纯的样子和我周旋。女孩很伤心，整个下午都闷闷不乐，以至于把那个经常捧在手里的杯子打碎了，水洒了一办公桌。女孩平时人缘很好，好几个人都过去帮忙，唯独小米没去。

小米一直在想，说不说呢？小米也想过，也许这些照片都是假的呢，现在许多照片都是电脑做的，小米最希望这些照片都是假的了。但看着那些表情和衣着又不像假的，因为小米最注意女孩的装束了。后来小米想通了，小米想，我试探她一下，如果她不是那样的，我就和她去吃饭。

小米给女孩回了封邮件，我有一样东西要给你看，想看吗？

女孩回说，是什么东西？

小米就找了一张最不严重的照片传了过去。

女孩这回把头探了过来，问，怎么回事？

他看见女孩惊讶的面孔，继而紫胀，继而痛苦，女孩低声地吼了一句，这是谁干的？

他不知道怎么解释，只是下意识地往老总的屋里看一看。

小米看见女孩冲进了老总的房间，随即那里爆发了激烈的争吵，还伴随着什么东西被摔坏的声音。后来，一切平息了，那个女孩拽着老总走出来，径直走到小米的面前，简直是在吼：你对他说，究竟是怎么回事？

老总有些不舒服，他竭力想要使自己仍然像个老总的样子，可是这个女孩的手一直在狠狠地拽着他的衣服。老总支吾地说，那是我做的图，我在练习做图，你怎么弄去了呢？

小米一下子不知所措了。小米很想解释一下，尤其想向女孩解释一下，却无从解释。老总一溜走，女孩就开始乒乒乓乓地收拾东西。女孩临走的时候隔着隔板对小米说，小米你不是人。那时候，那些脑袋就都从隔板后面长出来了，冷漠地或者说饶有兴趣地望着小米，让小米看了觉得有些恐怖。

接下来就简单了，女孩辞职了，小米被解雇了。

小米这回很想找到那个女孩，向她真诚地道歉。但他找遍了这个城市的大街小巷，找遍了能找到的公司，这个女孩就像一滴水一样消失了，消失得无影无踪。

帽　子

　　主任有些秃头，起初做个假头套。别人看着不舒服，他自己也不舒服，主要是戴着不舒服，没几天就放弃了，还是秃头。

　　秃头毕竟有些不雅，还显老。就有人建议，说主任可不可以戴个帽子呀。于是"主任买什么样的帽子最好"一度成了办公室久议不衰的话题。终于有人索性给主任买了帽子，谁买的？不知道。谁买的人家能告诉你吗？

　　帽子很艺术，是那种导演帽，主任戴了立刻很有气质。大家都猜是某女同志给买的，不过该科室好几个女同志呢，你知道是谁？

　　其实，在这个故事里帽子好不好根本不重要，是谁买的也不重要，重要的是主任有这样一顶帽子，重要的是这个帽子是主任的——我这说得有点是废话，车轱辘话，大家千万不要笑话，等你听完了我的故事，再笑不迟。

　　说有一个夏天，很热。热到什么程度呢，有记载，是这个城市历史上的最高温度，38度。乖乖，你看狗都不出屋，老鼠都不出洞。人走在大街上，走着走着，没什么原因，晕倒了，中暑。中暑是什么？我理解就是天太热了，人的身体调节不了，所以就有人很随便很不遵守交通规则地躺下了。亏得那年头路上没多少汽车，搁现在？糟了，早给压扁了。

这个夏天，人家谁都不愿意出差，领导上偏是要求主任去。主任本来想让副主任去，副主任情况特殊，评职称，走不脱。主任无奈，就不得不在这高温天气出差去了。主任走后，大家发现一个事实，主任没戴帽子，因为他的帽子就扔在他的办公桌上。

其实，最先发现的还是副主任，他当时说了一句俏皮话：这个老田，走了咋不把帽子戴上呢？扔在这儿镇我么？

大家说，这么热的天，别说戴帽子，就是戴个纱巾都难受，主任又不是傻子。又有的说，一个帽子算个屁呀，能镇住人么？

呵呵，你还别说。自从主任走后，啥事这副主任都不往前凑，不自我决策，总是和大家商量。每次开会前，他都要指指那个帽子说，田主任的帽子在这呢，咱就当田主任在这，他表不表态我不管，啥事还是按他定的规矩办。

开始时，大家以为是开玩笑。可是每次他都要这么说，大家就知道不是玩笑了，不是玩笑比玩笑还可怕。一顶帽子成了神，因为副主任尊重，大家自然跟着尊重，只要看见那顶帽子就都变得轻手轻脚的。只有文员小庞有一次走过来，拿起帽子摔打摔打，摔出噗噗的灰。小庞说，这都落灰了，还田主任呢？

小庞平时不怎么说话，关键是她说这话好像带有一种情绪，这情绪让副主任很费思量。

副主任忽然想到，这顶帽子该不是小庞给买的吧？她说这话是不是敲山震虎啊？

这样一想，副主任就脊背发凉，就觉得有一双眼睛在监视着他。他更觉出了那个帽子的分量，他甚至认为这是主任故意放在这里来提示他的。

　　这样一来，他每天稍有自满，稍有改革的打算，就要瞅一瞅那帽子。帽子沉静地待在那里，他就也沉静下来，按部就班，不去想那么许多。

　　多日以后，主任回来，调任他处。

　　副主任顺利坐在了那个桌子上。奇怪的是，主任走时并没有拿走那顶帽子，他把它很随意地丢在办公室的衣帽钩上，好像已经忘了。

　　许久以后的一天，打扫卫生的时候，继任的主任才发现，那个帽子不见了。他很奇怪，不知道是老主任拿走了，还是别的什么人给取走了。

白菜粉条蒸饺

河南街把头那儿有个饺子馆,叫"老地方饺子馆",专营蒸饺。挺小个门面,挺大个招牌,有点不对称。不过,那不是咱们研究的事儿,那是老板的事儿。

该说不说,"老地方饺子馆"的蒸饺,那叫一绝,馅大皮薄,一咬直冒油。吃一回,都说香。来的大都是回头客。

这天,店里来了个生人。"老地方饺子馆"的服务员大都是男的,来自天南地北。男的有优点,勤快,腿勤、嘴勤,就是有点看不明白事儿。这位还在北京混过,见有人来了,还来点京腔:来了,您呐?

来人有五十岁左右,面相上有点冷,不知道在想什么,对服务员的招呼没啥大反应,独自拣了个地方坐下。服务员讪讪的,从开始心里对他就有些别扭。

来人坐那里掏出烟,又掏出手机,依次摆在面前,看着谱挺大。

服务员说,要茶吗?

来人说,要钱吗?

服务员说,不要。

来人看了看他手里的壶,说你那壶太埋汰了,擦一擦。茶我就不要了,给我上碗饺子汤吧,用碗端啊。

这服务员立刻就有气,你啥玩意,啥身价,进屋就说我壶埋汰。我壶埋不埋汰该你啥事?你是检查卫生的啊?

有气归有气,人家毕竟是客人,服务员就到后面端了一碗饺子汤。这客人哧溜哧溜地喝着饺子汤,翻看着菜单,最后点了一个最便宜的蒸饺——白菜粉条的,而且只要二两。几两?服务员好像没听清,客人重申,二两。我就一个人,很长时间没吃这蒸饺了,尝尝。那人说。服务员想,还尝尝,瞅你那小气样吧。

来不来酒?服务员又问,那人摆了摆手。

这服务员边去下单边想,这就不是我的店,要是我的店,早就赶你走了。二两,还白菜粉条的,可不是伺候你?

服务员到后厨说,二两白菜粉条的,不着急,那人喝酒呢。

人一旦瞧不起人,这坏主意就多,不管是啥位置。

客人还真不太着急,跷着二郎腿,打量着屋里的设施,说,这变化挺大啊。

服务员嘴上没说,心想,这变化大不大的和你有啥关系?服务员也算老服务员了,他至少也在这儿呆半年多了,啥人没见过,他咋瞅着这个人都不像是回头客。

后来,客人看看表,好像有点着急,他不跷二郎腿了,用手轻轻地敲着桌子,问服务员,我那二两饺子怎么还没上来?

服务员说,锅占着呢,蒸的都是别的馅的。

客人说,你就一个锅啊?

服务员说,好几个锅呢,别的客人要的都多,你这个太少了,不好和别人一个锅里蒸,怕串味儿。

来人对这话很反感，说你们家原来卖饺子都是白菜粉条的，现在怕串味了？

服务员不知那个底细，就说，那我不知道，反正现在啥馅的都有。

这客人就真的有点不高兴了，说你哪那么多废话，赶紧把我那二两饺子上来。原来这客人大声说话，还真有些分量，挺瘆人的。也是，你一个饺子店，吃点饺子还要等这么长时间？

这天恰巧老板不在家，打麻将去了。领班的是个女的，一看就是个八面玲珑的人，被喊出来了。她问服务员咋回事？服务员说，他买二两白菜粉条的饺子，锅都占着呢。

领班把服务员叫到一边说，你也真是呆，锅里有啥，你就去给他拣点啥呗，弄二两不就得了。

领班也瞅着这个人眼生，就又说，这样的人你早就应该把他打发走。

服务员立刻颠颠地跑到厨房，正赶上蒸三鲜馅的出锅，就顺手拣了一盘，端了上去。

来人咬了一口，咦的一声，说，服务员你过来。

服务员走过来，问，咋啦？

来人问，你这是白菜粉条的吗？

服务员说，不是。是三鲜馅的，你拣着了。

来人把筷子往盘子上一放，说，我要的是白菜粉条的，你为什么给我弄成这个？

服务员说，你讲不讲理啊？白菜粉条的一个都没人点，谁能为你那二两饺子单蒸一锅？

来人生气了，这回可是真的生气了。来人说，去，把你们的老板叫来。

服务员挺傲慢，心想你说见我们老板就见我们老板啊，就说，我们老板不在，你和我们领班说吧。

来人掏出手机，摁了几个数字，说，大光啊，你现在牛了是不？我要吃几个白菜粉条的饺子都吃不到是不？我今天特意开着车跑你这儿来，就为了吃这白菜粉条蒸饺。可你的服务员却偏给我上三鲜馅的，吃三鲜的我上你这来？

耳听着自己的老板在里面唯唯诺诺，服务员立刻傻了，望了眼窗外，竟是停着一台宝马。

不一会儿，老板跑回来了。老板的脸上还淌着汗，他进屋挥了挥手说，一会儿谁也不接待了啊，闭店闭店。他又吩咐领班的，去，让窦师傅专门给我和张哥包点白菜粉条的，只有他和的馅好，越快越好。

他见领班还愣着，说，你咋还愣着呢，这不是当年总上咱这来的张哥吗？那时候你还是服务员呢，记得吗？他那时候天天捧咱，一整就好几桌，咱哪能忘了他呢？快，闭店闭店。

你当我瞎啊

这个故事是我的同事王传宝给我讲的，版权在他那里。据他说是亲眼目睹的真事，这我相信，他不会编故事，但他会把真事讲得挺生动。

说这一天，某个饺子馆来了一位客人，这客人有点个别，我说的"个别"就是有特点的意思。这位就很有特点，精瘦。冷丁一瞅，一根棍上串着一套衣帽。为啥要说衣帽呢？这人大夏天的戴着一副墨镜、一个礼帽，手里还拄着个文明棍，绝不？

进门，找了个座，他先是把文明棍靠着桌子放下，又用桌上的餐巾纸擦出一个地方，把礼帽放下。然后点饺子。他点芹菜猪肉馅的，也是二两。

服务员说，好嘞。

服务员问，喝酒不？

客人说，不喝，你给我倒点水吧。

服务员端起茶壶就要倒。

客人伸手挡住，不，我要开水，吃点药。客人从怀里掏出个药瓶晃了晃。服务员明白，茶水不能吃药，就上后面给客人到了碗开水。

这个服务员是一个很有经验的服务员，凡是这样瞅着发咯的，一律小心对待，告诉后面先煮。

饺子很快就上来了。

客人摸摸索索地吃着饺子，墨镜也不摘。吃着吃着，客人问，你这一两饺子是几个？

服务员说，五个。

客人立刻火了，一两五个，你咋少给我一个，你当我瞎啊？

服务员说，我给你的是十个啊。

客人的盘子里就剩一个饺子了，谁也说不明白。

领班的就出来了，看看来人。领班的当然是颇有经验的女人，说，去，再给他拣五个来。

服务员就去给端来五个。

那人把其他四个拨了回去，说，一个就是一个，我不多占。

吃好后，那人拿起礼帽戴好，拎起文明棍，慢腾腾地走了。

服务员开始心里还嘀咕，这个人真怪，就缺一个饺子还张嘴要。

可是，拣碗的时候，服务员发现，地下的确是掉了一个饺子，好像还被谁踩了一脚。

服务员看着饺子愣了一下，立刻疑惑地想，这个人难道是个盲人？随即，又摇了摇头，否定了自己的想法。

恐 慌

开始时，那只猫只是在门外徘徊，没有谁注意它。王国正夫妻俩正在看电视，准确地说，是妻子杨丽在看电视，王国正躺在沙发上看书。那只猫徘徊了一会儿，后来弱弱地叫了一声，它好像在试探，叫得不怎么理直气壮。但是，屋里的两个人还是听出了它声音中的无助和凄厉。

杨丽走到了窗前去看。他们住的是一楼，外面已经漆黑，在灯光的映照下，她看到那只猫蹲在落地窗前的台阶上。那只猫是灰色的，不怎么好看，它没有怕人的意思，而是瞪着一双求助的眼睛再次叫了一声，这一声令人心碎。

杨丽说，这猫，怎么叫得这么可怜？

王国正躺在沙发上说，猫嘛，叫声就是这样。

杨丽说，你过来，这猫好像是一只流浪猫。

王国正撂下书，起身走到窗前，在他的眼中，那只猫的确像一只流浪猫，好像好些日子没吃东西了。它精瘦，肚子明显塌陷。王国正说，给它一个包子吧？它是饿了。

杨丽疑惑地说，它吃包子么？是不是吃米饭啊？

两个人都没有养宠物的经验。杨丽从小就怕猫狗，她出去上市场和散步都躲着小猫小狗，拐带得王国正也不喜欢。

王国正说，管它呢，给它一个包子算了。

杨丽说，我不敢喂，你去喂吧。

王国正拖拉拖拉地走到厨房，从帘子上拿了一只包子。包子是芹菜肉馅儿的，还有七八个，这是王国正爱吃的馅儿，晚上包的。王国正又拖拉拖拉地走到窗前，他打开通往院子里的门，那个猫还是没有走，定定地瞅着王国正手里的包子，又弱弱地叫了一声。就是这声叫唤，使王国正心里一颤。

这猫，他想。

他把包子丢给了猫。猫先还试探一下，用它那可爱的嘴去触碰那只包子，后来就迫不及待地啃了起来。它好像不怎么熟悉这种食物，吃得毫无章法，很费力地咬开皮儿，先吃馅儿。吃得很狼狈，好像是饿极了。王国正看它狼吞虎咽的样子，担心它噎着，连忙端了盆水放在它的跟前儿，还怕惊着它。猫吃得全神贯注，大口大口地吃，根本就没注意他。其实猫的大口有多大呢？它只是吃的频率比较快罢了。不一会儿，那个包子就什么都不剩了。

杨丽一直趴在落地窗前看，目睹着整个过程，她惊讶地说，这小家伙，真能造。

这时候，王国正已经回屋，重新拿起书，倒在沙发上。他找不到刚才的页码了。

杨丽还在那儿望，猫着腰，很关注的样子。王国正说，还没走吗？

杨丽说，没走，正在喝水呢。渴了，喝得咕咚咕咚的。

王国正说，吃完就走了。

杨丽突然担心地说，它明天会不会来啊？

明天？这个问题令王国正猝不及防，他终于找到了那页，说，有可能。

此后几天，每到那个时间，那只猫就准时来到他们的窗前。它蹲在那里，瞪着渴望的眼睛，冲屋里叫一声。屋里的夫妻俩忙放下手中的活计，立刻为它准备点吃的，它也毫不客气，匆忙地吃起来。有时，它来回走动，在暗夜里闪动发光的眼睛。

后来，它就有了野心，试图钻进屋里来，这就让人讨厌了。

特别是杨丽，我们前面说过，杨丽惧怕小动物。所以，它一旦有这样的企图，杨丽就很气恼，她赶了猫几次，毫无成效，猫照旧来，有一次真的钻进了屋里，把杨丽吓得大叫。那天，王国正正好在家，是他帮着把那只猫撵走的。

猫走的时候，有些无可奈何，用王国正事后的形容说，是瞪着眼睛恨恨地走的。

一天早晨，王国正接到电话，说小孙子在楼下玩儿，被一只猫给挠了。电话是儿媳妇打来的，儿媳妇在电话里泣不成声地说，不知道是哪里来的野猫，平白无故地就给大宝挠了。

王国正心里打了个沉，问是什么颜色的猫。

儿媳妇斩钉截铁地说，灰色的。

那时候，杨丽正在院子里鼓捣她种的那些大白菜。大白菜长得很茁壮，一地鲜绿。这老两口很会享受，自从换了这个一楼后，就充分地利用这点地儿种菜，很少上市场去买菜。

等到她回屋，王国正已经穿着停当，把手插在兜里望着她。杨丽莫名其妙，问，你要干什么去？

王国正说，干什么去？你孙子出大事儿了。

杨丽的手上拿着一棵白菜,白菜根子上还有新鲜的土,显然是刚拔下来的。她的手上也有泥。她问,出什么大事儿了?

被猫挠了。

什么?你不是开玩笑吧?平白无故怎么被猫挠了。

你可说呢,就是平白无故,我也纳闷呢?

杨丽一边快步把那棵白菜送到厨房,一边穿上衣服,两个人急急忙忙出了小区的门,打车前往医院。

到了医院一看,医生已处置完毕,大宝若无其事地在用手机玩着游戏,嘴里还啪啪的模拟着枪声。儿媳妇高红英正和医生交谈,好像还有些担心。

他们也参与了询问,医生说,一般不会有事情的,我已经让护士对他的伤口进行了清洗,并涂抹了药水。他伤得很浅,应该不会有事情的。你要是实在担心,就到防疫站打一下狂犬病疫苗。

医生摸了摸大宝的头,说,这孩子挺可爱。

医生走了。

孩子是挺可爱,老两口望着医生的背影琢磨不定,他们问高红英,要不要去防疫站啊?儿媳妇也举棋不定,他们又打电话咨询出差在外地的儿子王秋白,儿子反而说,用不着吧,至于那么严重吗?他们最后还是去防疫站打了一针,他们集体的观点是,不怕一万,就怕万一。小孙子有点晕针,看见针头就拼命地叫,好像要杀他似的,王国正和杨丽再次心疼得够呛。

这一夜,他们把孙子带回了家。儿媳妇也跟着住下。小孙子睡熟了之后,两个人便长吁短叹,他们忽然想起了那只可怜的,现在已经变得可恨的流浪猫。他们想,我们对你这么好,你居然恩将仇报?

王国正还有些理智,后来说,不会是那个猫吧?

杨丽说，儿媳妇说是灰的。

王国正说，灰的也不见得就是那只猫。

杨丽毫不讲理地说，就是就是。

他们把儿媳妇叫起来，继续论证那只猫。儿媳妇睡眼惺忪地说，我也没在场，都是楼下邻居们说的，他们说是一只灰色的流浪猫。

杨丽埋怨说，你看看你，把孩子自己放外面，怎么这么粗心，我们那时候……

王国正打断杨丽的话说，人家的孩子，人家能不精心？

高红英委屈地说，那天，大宝本来还要去学钢琴，正好老林家孩子也在楼下玩，我寻思让他们在一块儿玩玩，哪成想……儿媳妇啜泣起来。老两口无语，反而开始安慰高红英，是啊，现在的孩子挺辛苦的，连玩的机会都没有；儿媳妇也挺辛苦的，大周日的竟要跟着跑三个班。

数天以后的一个傍晚，王国正和杨丽去儿子住的小区看完孙子，正碰上楼下王大娘，就唠起了那件蹊跷事儿。

杨丽问，大娘，你看清那只猫的颜色了吗？

王大娘说，那只猫？哦，不是白色的么？

王国正在旁边心里又咯噔一下，随口问，白色的？不是灰色的啊？

王大娘说，这人怎么净瞎说，我亲眼看见的，明明是白色的嘛。

他们往回走的时候，天已经黑了。皓月当空，藏蓝色的天空上有几颗星星，最亮的还是猎户星座的那三颗星。

杨丽说，我们为什么偏要相信那只猫是灰色的呢？

王国正说，还不是我们心里有鬼。

杨丽不说话了。她抬头望了望，突然一指天空说，看，流星！

王国正跟着看过去,却什么也没看见。

杨丽埋怨着说,我让你看时你不看。

王国正想,不会这么快吧?难道是我真的老了?

五点五十八分的火车

1

走到车站的时候,他看了看候车室上的钟,差二十分钟六点。

他们的车是五点五十八的,一个很莫名其妙的时间,一切都还来得及。单纯从他们的角度说,时间很充分,因为他有记者证。记者证这玩意儿平时没啥大用,只有这时能派上用场——他们可以从贵宾候车室直接进入。

站前总是乱糟糟的,到处是人。他拉起行李包准备进入候车室,这时,妻子摸了摸兜,手顿住了。妻子望望他,有些惶惑。他立刻想到了,他说,怎么,你没拿票?

妻子点了点头,立刻现出了哭相。他的头嗡的一下,有些乱,像飞进了无数苍蝇或者蜜蜂。他想,果然应验了。他早有预感,他觉得这次出门前过于顺利,顺利得有点不可思议。这是中国作协给的一次疗养机会,北戴河,可以带夫人,省里才得到三个名额。他接到通知后很高兴,关键是可以带妻子,妻子很少出门,他们共同出门的机会就更少。他托人提前买好了车票,上午取回之后他把车票放在了早已回家的妻子的手里，就忙不迭地和别人喝酒去了。高兴啊，人生其实顺心的时候不多，他把自己立刻变成了一个孩子，兴奋无比，和那些为自己送行的朋友至少出入两个酒店，喝得天翻地覆。五点钟，他看了看表，那些喝得兴起的朋友们已经忘记了是因何喝酒，他们大呼小叫、兴致正高，特别是随着两个女性酒友下班后匆匆加入，立刻又掀起了高潮，他们好像顿时忘了他的存在。他很好地把握了机会，以上厕所为由悄悄离席，打车回家。到家后，他看看表，时间还来得及，随即歪在沙发上，直到妻子把他摇醒。

他没有想到会出现这么严重的问题。他说，再摸摸，咋能这么巧呢？

妻子已经想起来了，妻子说，我换衣服时，把身份证和票都落在那个衣服兜里了。

妻子惶惶地瞅着他说，咋办啊？

他说，啥咋办，回去取啊。

他的声音吼出，像狼叫一样。妻子识时务地把拎着的东西递给他，急忙转身打了一辆出租车，疾驰而去。

2

妻子催着司机，快，快。

司机是老油子了，司机说，咋了？票落家了？

她说，可不是咋的，你说我这记性。也真是的，以前这些东西都放他那儿，可这次不知为什么他偏偏放我这儿了。

她指挥着司机东拐一下西拐一下，穿街过巷。司机还真是老司机，不慌不忙，自如地摆弄着方向盘。

他们都知道，其实距离没有多远。她还是着急，她说，真急死我了。

司机说，大姐，你放心，咱尽量争取时间。

她说，嗨，我不是担心我，走不走的都无所谓，我是担心他，他那个脾气真要命，肯定得发火。

司机说，他发他的火呗，你怕啥。

她说，我是怕他生气，怕他气坏了身子，他有心脏病，还有高血压。

3

他看着出租车消失在车流里，情绪并没有立即平复。他还是走到一家小卖店的窗口买了一盒烟，抽了起来。

隔了一会儿，他又焦躁起来，看看手机的时间，已经差十五分钟六点了，也就是说，又过去了五分钟，他不知道这五分钟是怎么过去的。现在，离开车时间还有十三分钟了，这其实是理论上的时间，因为开车前十分钟就要停止检票，可妻子那边一点动静也没有。

他成了一头无计可施的困兽，盲目地乱转。他走进候车室，看看还有什么办法，他拖着拉包，拎着那些装满了水果、黄瓜、西红柿的兜子。他生气地想，她只会想着这些没用的东西，他真想把这些东西扔掉。

他拎着这些东西往候车室里走，工作人员拦住了他。

放那儿，工作人员说，同时指给他看，他明白了，需要安检。

他把那些包放在传送带上，他问那个工作人员，我如果赶不上车，有什么办法？

拿着对讲机的胖子不客气地说，别问我们，我们是安检的，你去问客运。

那个秃顶的提出了一个办法，他说，退票。

接着又说，哎，还有一个办法，你可以赶到下一站上车。

他不想退票，这次托人买的车票是最理想的，两个下铺。下一站？好像一道亮光，在他的头脑里闪了一下，也许这倒不失为一个好办法。

看看屋里的钟，已经只剩十分钟了，他还是没有看见妻子的身影。他终于忍不住打了一下妻子的手机，他问，你到哪儿了？

妻子气喘吁吁地说，我刚到小区门口。

他几乎喊了起来，啥？你才到小区门口？

4

出租车真的在小区门口。

出租车司机摇下车窗喊，喂，我们有急事，快点给我们开门。小区保安懒洋洋地走出来，表现出你越急我越不鸟你的架势。

司机就有些急，说，你能不能快点？

保安立刻来劲了，说：你怎么说话呢，我还要怎么快？

司机说，我这车上有你们小区的住户，人家有急事。

保安说，有急事能咋的，车还是要一辆一辆地过。

司机就说，你妈的，你是人不是人？

保安说，嗨，你还骂人？我就不给你开。

说着，就要往回走。妻子赶紧下车，连忙赔不是，说，我是这院里的，我们赶火车，票落家了。

这时候丈夫来电话了,她听出丈夫焦急的口气。保安也听到了,虽然火气未消,还是连忙把栏杆打开,他还没忘了冲着司机瞪了瞪眼睛。

司机边走边骂,操你妈的,我这要不是因为有事,我他妈整死你。

妻子说,算了算了。

5

他再次看看手机,已经五点五十五分,从理论上说,现在火车还没开,但已经停止检票了。

他终于看见了那辆疾驰而来的出租车和慌忙奔跑下来的妻子。

那个出租车司机抻出头来说,大姐,你还没给我钱呢?

妻子说,对对,连忙又跑回去给钱。出租车司机说,没事儿,大姐,我等你,你要是需要撵这趟车,我肯定在下一站给你撵上。

看来司机经常遇到这种情况。他们顾不了这些,急忙往里走。到了安检那儿,胖子本来要拦一下,秃头看了看他说,检过了。

他松了口气,连忙走上滚梯,滚梯把他们载到了二楼,他们来到贵宾候车室,他拿出记者证,出示车票。检票员说,停止检票了。他说,我有急事,我要赶着采访,我认识你们钟站长。检票员说,认识钟站长也不行,这是制度。我这也是为你负责,你走不到站台上车就开了。

他们沮丧地往下走,走过安检口,走到门外。

他们意外地发现,那个出租车司机居然还在。司机正在抽烟,见他们出来,他从车窗里抻出脑袋说,大姐,追不?我肯定在口前给你们撵上。

口前，就是出了城区的第一个火车站，二十多公里，不很遥远。是一个县政府所在地，所以必须停靠。

他想也没想，突然接过话头说，追！

6

妻子说，算了，追啥追，退票再买呗。

他说，我们啥时出门买过这么可心的票，都是下铺。再说，人家那头定好了，要去接站。改了，就不好办了。

司机不置可否的样子说，你们追不追，不追我就下班了，我要和人家交接呢，都六点了，就为等你们，我还没吃饭呢。

他说，追，咋不追呢。

妻子想想也同意了。她说，能追上么？

司机说，你放心吧，我肯定能追上。

他们坐上了出租车，出租车一路向城外驶去。

7

他坐在前面，她坐在后面，天色向晚，车辆渐稀，他们连续地绕了几个红灯。司机有点炫耀地说，我这手把就会躲红灯。

妻子讨好地说，这老弟可好了，你留个名片，回来我们感谢你。

司机说，感谢就不用了，最要紧的是让你们赶上车。

他说，没事儿，你要是真因为我们闯了红灯，我给你想办法。

司机说，大哥，你看来不是一般的人啊。

他没吭声。他觉得这句话还是不回答为好，因为这句话实在是不好回答。他怎么不是一般人呢，他就是一般的人。他只不过是认识几个可能用得上的警察而已。

出租车很快就驶出了市区，往口前方向驶去。这时，他望望汗津津、惊魂未定地坐在后面的妻子说，票拿了吗？

妻子说，拿了，以后我可不给你保管这玩意儿了。

给你，妻子说着把票递给他。他接过来揣在兜里，这回心里踏实了。过了红旗木材检查站，路变得复杂起来，一会儿一个路标，一会儿一个路标，都是标示修路需要转道的。出租车左拐一下右拐一下，速度明显慢了下来。司机敲着方向盘，气恼地说，妈的，这什么时候开始修路了，我咋不知道呢？

看着司机着急，他反而镇定了，他不断地安慰司机说，别着急，别着急，咱慢点，稳当点。

司机就啪啪的拍着方向盘，说，妈的，运气不好，喝凉水都塞牙。

赶到口前的时候，他们眼看着横杆撂下，喇叭里响起当当的声音，火车驶了过来了，他们眼睁睁地看着火车从面前驶过去。他们知道，只要穿过这个道口，他们就能赶上这列火车，可是……

司机仰天长叹，司机说，这该死的路，我根本没想到会这样。

司机望着他说，怎么办？下一站就是烟囱山了。

他觉得好像已经没有了退路，他忽然被激起一种激情，一种较劲的激情，他已经很久没有这样的激情了，也许是司机无意中给他点燃的。

他说，追！就是追到天涯海角，也一定要追上。

到对面去

我们去对面看看？这话最初是张柏乔提出的。

那天，他们骑着车子去很远的那个菜市场，想买一些菜秧子，他们知道，只有那里卖菜秧子。他们家住的是一楼，有一个不大的小园子。每年这个季节，他们都要买一些菜秧子种在园子里，黄瓜、辣椒、西红柿，有红有绿还能吃。他们都是六十多岁的人了，他们觉得当初选择一楼十分正确，使他们的生活多了一些意思。当然，这个季节只能种辣椒和西红柿，种黄瓜还不到时候，要晚一些季节。

他们什么也没买到，那个卖菜秧子的老太太没来。每年这个时候，他们都来这里买她的育的秧苗，老太太总是在市场的把头卖秧苗。老太太蹲在那里，她的秧苗整齐地站在一块块条状的板上，每棵秧苗站在一个营养钵或是切成的土块上，整整齐齐地排列着，豆腐块一样。苗们一律精神地站着，这样带土的苗好移栽，老太太还要细心告诉你啥时候栽，如何栽。他们每回都是按照老太太说的去做，每次的成活率都是百分之百，所以他们信着老太太。可是，现在她没来，不知道是什么原因，岁数大的人什么可能都有啊。

道旁也有卖秧苗的，那些秧苗都是一把一把的，那样的秧苗他们不敢买。他们曾经买过，都没栽活，所以他们从来不买成把的。他们望了望市场熙熙攘攘的人群，有些不甘心，也有些失望。

人一失望了就不怎么愿意说话，他们现在就是这样，默默地往回走。他们本来是爱说话的，因为担心老太太的原因，现在无话可说，车就骑得有些快。走到那个跨江铁桥的时候，正好遇见一列火车经过。火车叫了一声，张柏乔望了一下，有些兴奋，她说，火车。

她停下车子看火车，那神情，好像她头一回看见火车。

火车驶过去了，这应该是这个城市早晨的第一列火车，于一夫知道，那是由吉林开往长春的。

是通勤车，她说。

张柏乔是在铁路边上长大的，她对铁路有感情，她的目光追随着列车走出挺远。

就是在这时候，她停住车，说，我们到对面去看看？

于一夫也停住车，看着许多人和自行车从那钢铁大桥上来往，说，从桥上过去吗？

张柏乔点了点头。

是现在吗？

不，明天。

好吧。

于一夫有些兴奋，他是个爱冒险的人。他还真的从来没有去过对面，如果不是张柏乔提起，他连想都没想过。他忽然想起在他们的生活中，早已是波澜不兴，风平浪静了。

他甚至纳闷，张柏乔怎么会忽然有这样的想法呢？

对面的那座山有名，叫团山子。团山子是他们这里的古迹，是夫余国在这里存在的证明，也就是说，是一个历史遗址，证明他们这里早期活动的民族，证明他们城市的历史有上千年了。其实，别看于一夫退休前是当老师的，他一直搞不明白这个城市的变迁史，那些民族的名字难记，变来变去的。但是，夫余他是记住了。

他们重新骑上车子，早晨锻炼的人很多，他们每天也要出来走走。如果不是因为上这个市场买菜苗，他们不往这面走。他们走的是与之相反的方向。妻子比他小两岁，可看上去那娇小的样子，保养得很好的皮肤，好像比他小十岁。他们走在一起经常有人回头望，于一夫就想，他们望什么呢？妻子已经是这样的年龄了，不至于有这么高的回头率吧？他想，他们十有八九是看着这对夫妻不大般配，这让于一夫常常沮丧。

所以每天早上，于一夫就总是慢腾腾地走在后面，低着头，想他的小说。自从退休后，于一夫拣起了年轻时就喜欢的创作，时有作品在外面发表，虽说那点稿费对生活上于事无补，但从精神层面上说，颇有成就感。张柏乔不理解他为什么总是走在后头，她总是回过头来督促，要不就干脆在后面推着于一夫，嘴里开玩笑地说，"张军长，让我来推动你前进"（他记得这是文革时期一个电影中的台词，好像那个人在水里推着别人，从后面开了一枪），再不就是"我让出去你十步，快走"。可是于一夫一走在前面，她就在后面咯咯笑，笑得于一夫很恼火，不知道她为什么笑。原来，于一夫走路有点毛病，肩膀有些侧棱，张柏乔就夸张地学着他，嘴里"一米六一米七"地说着，走到他的前面去。

不至于那么严重吧？于一夫想，他知道这是念书时背书包造成的。看着她夸张的样子，他倒是被逗笑了。

妻子走在前面步伐矫健，有力，她不光比他走得快，即使到了折返点（他们自己定的，基本上是在龙潭桥那儿）她还要多走三圈，在那里把腿放在树上压压腿，冲着大江咿咿呀呀地喊两声（妻子在一个老年合唱团当演员），然后才昂首挺胸地走回来。

爬山，于一夫想，爬山她可不是我的个儿。

于一夫想着明天的事情，心里暗自发笑。

第二天，他们照例骑车去了那个市场，嘿嘿，老太太在，他们的忧虑消失，如愿以偿地买了一些辣椒苗和茄子苗。黄瓜苗还是没下来。

早呢，老太太说，下个月的二十四号吧。

他们骑着车往回走，路过铁桥，正好又是赶上那列火车驶过。

于一夫挑衅地说，过桥啊？

过什么过，赶紧回家栽苗得了。张柏乔好像气哼哼地说。

太阳还没升起，晨光照在她的脸上，她的脸显得红扑扑的。她不知道为什么生气，也许她根本就没有生气，她和于一夫说话就是这个样子。她总是颐指气使，想怎么样就怎么样。也许昨天她不过是心血来潮，她根本就没想过去。这样一想，于一夫就觉得自己受骗了。

他们回到家里，开始栽苗。张柏乔负责挖坑、浇水，于一夫负责栽苗。他们家好像一切都是反过来的，吃饭时，于一夫负责盛饭、刷碗；干活时，张柏乔负责翻地，挖坑。张柏乔说，她不愿意干埋汰活。张柏乔翻完地，浇完水，站在屋里看着于一夫，她一会儿敲敲窗户说，你别栽得太浅了；一会儿又说，你咋不换双鞋？总之她就在那里发命令，让于一夫不断地有一种要放弃的打算。

总算是栽完了，那些小苗在晨风中迎风招展，于一夫感觉有些累了。他走进屋来，洗洗手，刚要往沙发上坐。

张柏乔大喊一声，盛饭。

张柏乔再也没有提上对面去的事情,她好像忘了这件事,更好像根本就没有这回事儿。

他们的生活又开始按部就班,风平浪静。早晨走步,照例是她推着他走,表演张军长或者一米六一米七,重复着同样的已经笑不出来的笑话。这期间,张柏乔去长春进行了一场比赛。比赛之前,他们那个合唱团雄心勃勃,团长和指挥拍着胸脯说能拿第一,他们甚至每个人收了八十块钱,准备了庆功宴。可是,不知怎么演砸了,其实不是演的问题,而是他们没有理解组委会的要求,组委会要求表演时间不能超过十分钟,所有参赛的队都超出了时间,只有他们严格要求。所以,他们的演出就显得有些滑稽,不伦不类,这个没唱完,就接着唱了那个,反而成了唱得最不好的,弄了个第七名。搞得大家都垂头丧气,庆功宴黄了,张柏乔的情绪也大受打击。

再后来,小舅子为他们买了两张打折的机票,在海南三亚和深圳预定了五星级的饭店,让他们出去旅游,这一去就是半个多月。他们住在一个靠近海边的宾馆里,出门不远就是海滩,宾馆有直通车三十分钟一趟去往海滩,海滩上有专门的区域,有红色的躺椅,和蓝蓝的大海蓝蓝的天。他们穿着宾馆提供的沙滩装,冲到海里戏水,在浪中忽上忽下,呛了不少海水,依然乐此不疲。张柏乔根本就不愿意上岸,于一夫躲到沙滩椅的遮阴下躺着晒太阳,一觉醒来,张柏乔还在水里。

这个女人,于一夫想,她真的比自己健康。

他们从南方回来,带着晒黑的皮肤,带着远游归来的兴奋,一时已不适应已有的生活。他们感触颇深,在深圳,他们碰见了几个多年没见的同学,感慨唏嘘了一番,回到自己的生活中依然如故。小苗很好,小舅子夫妻俩给伺候的,辣椒茄子都结了,很是令人鼓舞。他们这才想起来，黄瓜苗还没取，好在还没到日子。

二十四号，他们去了市场，老太太十分守约。

他们拿着新鲜的黄瓜苗往回走。迎面碰上于一夫熟悉的几个人，各个都是满头大汗，一副精神焕发的样子。

他们打着招呼，于一夫问他们干什么去了，他们答，上山。很神气的样子。

初夏，他们都只穿着背心。

他们说，你离这么近，没去过么？

没呢。于一夫说。

他望着他们走过去，心里有些空落落的，他想起他和张柏乔的那个约定。

他问张柏乔说，我们什么时候上对面去？

张柏乔今天好像很高兴，晒黑了的皮肤很健康，她说，明天。

于一夫有些不相信自己的耳朵，说，啥？

明天。张柏乔不耐烦地说。

于一夫看见那些黄瓜苗吊在张柏乔的车把上，好像发着绿色的光芒。每天早晨的那列火车正从桥上通过，发出轰隆隆的响声。

这天早晨，夫妻二人走到桥下。张柏乔看看高高的台阶，说，有武警。于一夫说，没事儿，让过。你看那来来回回的都是人。张柏乔说，我有点害怕，我怕掉下去。

嗨嗨，怕什么怕？于一夫已经抬起车子走上台阶。

风，巨大的江风，呼呼地响，响得吓人。

很窄的两边通道上铺着水泥板，那些水泥板好像有年头了，中间有些缝隙，看上去有些让人不放心。于一夫没管这些，他骑上车子就走，一直走出很远，才发现后面没动静。停下一看，张柏乔还在桥头那儿试试探探，推着车根本不敢骑。这要啥时候能过去？于一夫就催她，她反而站在那里说，你去吧，我不去了，太吓人了。这时候，正赶上那列火车驶过，火车带着刺耳的声音和呼啸，哐当哐当从身边驶过，所有的东西都在响，脚下猛烈地颤动。

那一瞬，于一夫看见妻子闭着眼睛，紧张得要命，站在那里好像在经受死亡的考验。于一夫有些后悔，他知道妻子有心脏病，就不敢再催了，一直等待着火车驶过。

于一夫后来走过去接她，她还心有余悸。她捂着胸口说，再也不从这桥上走了，太吓人了。我好像要掉下去了，我好像要被这火车轧死了。

看着默不作声的丈夫，张柏乔解释说，我刚才真就是这样想的。

于一夫说，我知道你是这样想的。

他们总算走到了对面。

那天，他们是绕着远从龙潭山大桥骑回来的。那距离很远，大概用了一个多小时。

张柏乔甚至根本没有上山，她在山下等着于一夫。

于一夫也是匆匆地在上山走了走，山上什么也没有。偶尔有几个人走过，走走停停的，不知道在地下挖什么。地下有新挖的沟，据说是要铺设电缆，建设什么新的旅游项目。于一夫很失望，这个一直在他心目中很神秘的地方，结果是一无所有，那些古城墙遗址呢？那些城池呢？那些碑刻呢？都没有。

他下来的时候，张柏乔问，有意思吗？

他说，没有意思。

是的，能有什么意思呢？

交　流

妻子第三次催他到窗前去看看儿子回没回来时，他拿了一本书。他做了在窗前多站一会儿的思想准备。

往年儿子回来过年，都是固定的车次，固定的时间（早晨七点多钟吧），他们每次都要去接。这次很奇怪，儿子坐了一趟从沈阳开来的车，他们分析儿子肯定是和那个姓衣的女孩一起先去了沈阳，然后又从沈阳回到了吉林。

妻子先是不断地和儿子通话，问火车到了什么地方，儿子说刚过九台。从九台到吉林最快也要半个小时，可妻子已经三次让他去窗前了。真是没办法，女人就是这样，只要儿子一回来她就变得没了章法，就显得十分愚蠢。

妻子从昨天早晨开始就收拾房间，累得呼哧呼哧的。她一边擦地一边说，我感觉儿子这次肯定是和小衣一起回来。他故意不去搭茬，他了解儿子，儿子不可能事先毫不声张地把人带回来，儿子是做策划的，做起事情向来是有条不紊。儿子倒是事先下了毛毛雨，让他们知道有这样一个人存在，但儿子没说是不是女朋友。妻子是看过那个女孩子的照片的，那女孩子个子大概有一米六五，和儿子个头差不多，这让她感觉不舒服。

他再一次地把目光投向窗外的时候，看见儿子从远处走过来。儿子穿着一件羽绒服，有些鼓鼓囊囊的，身后拖着一个他十分熟悉的旅行箱。儿子也看见了窗里的他，冲他挥了挥手。他说，儿子回来了。妻子立刻弹了起来，说，是吗？他听见儿子在摁门铃，他把门打开，儿子带着一股凉气站在他们面前。妻子立刻奔向了厨房，她在厨房里不断发出声音和提问，她走到哪里都要乒乒乓乓响，她有一连串的提问从厨房里飘出来，儿子边脱衣服边不断地回答。儿子甚至不断地绕过他去和妈妈说话，显然儿子已经习惯了和妈妈的这种应答。

他站在边上觉得奇怪，妻子和儿子经常通话。他们总是要每周五或者周六通话，在电话上絮絮叨叨地唠上一两个小时。他在旁边听着，觉得他们说的全是废话。有一次，他私下里问儿子说，你不觉得你妈妈磨叨么？儿子说，没有啊？她不过是比别人更关心我。儿子搂着他的肩说，女人都是这个样子。女人？儿子当时的确使用的是这个词。他似乎被儿子使用的这个词给震住了，他挠了挠头，被迫地笑了。他不觉得儿子这是揶揄，从儿子那有些洞察一切的神情上，他感觉儿子的确是成熟了。

妻子很快就做完了饭菜，并把它们端上来。他和儿子一起上桌。妻子容光焕发地盯着儿子吃饭。儿子低着头飞快地吃着，好像很久没有吃到这么好吃的东西了。

吃完了饭，妻子开始和儿子说话，他们的谈话天南地北，他有些插不进去。儿子挺直着身子，说话的声音很大，很果断，像他在公司的职位。而妻子蜷着腿坐在一个摇椅上，笑盈盈地看着自己的儿子。他就在旁边看书，有一搭没一搭地听着，偶尔也看一眼唠得热火朝天的娘俩。房子是一楼，背景是饱满的雪，从他这个位置望出去，他感觉他们是坐在雪地里说话，这让他觉得非常好笑。

晚上睡觉的时候，妻子拿着一个漂亮的睡衣走过来。妻子的神情有些暗淡，她说，这个睡衣以后我穿了。他记起，这是妻子很喜欢的一套睡衣，她当初买来时说，要给儿媳留着。她是按照自己的身材买的。现在看来，儿子明确一些东西了，儿子已经把小衣的一些情况和她说得一清二楚了，她需要按照儿子的这个女友做出相应的调整，这调整于她好像很痛苦。

她在把衣服拿出来前，故意问儿子，要不要留啊。

儿子正在浴房里洗澡，儿子有些听不见。

她就走到浴房门口，把衣服比量给儿子看说，这个还留不留啊？

儿子满头泡沫，从水流下短促地一瞥说，留什么留啊，到时候啥样的没有。

妻子走进屋去，捅了捅躺在床上看书的他。

人家不要了，妻子说。

他说，那你就穿呗。

妻子说，我都买三年了，一直留着，谁想到……

他说，那有什么办法，谁让你按照自己身高买的了。

妻子的眼圈就有些红。她说，我当初和儿子是划了圈的，我跟他说了的。

他笑了，说，这事情能预计么？

他说，也许儿子还没确定呢。

妻子好像得到什么启示似的，冲浴房里喊道，你爸说也许还没确定呢。

儿子咕哝着说，嗨呀，你穿吧，别留着了。

妻子抱着衣服再次走过来，穿上试一试，正好。

妻子嘟哝着说，我怎么从来就没想过儿子会找一个大个的呢？

儿子接了个电话，是沈阳的，儿子接了后就有些焦躁不安。前来看他的大舅家的表妹缠着他说，我们看电影去啊？表妹在北京念大学，对哥哥很崇拜。儿子说，好啊，有什么电影？表妹说，《赤壁2》吧。儿子说，是新片，看看去。

儿子和表妹穿上衣服走了。他和妻子起身到厨房看着窗外，儿子和表妹说着话走远了。他发现外面正在下雪，是那种不易察觉的雪。

妻子说，儿子好像不高兴呢。

他说，你怎么看得出来。

妻子说，你没发现么？他一撂下电话，脸色就变了，指定是有点啥事。

他说，你观察得这么细。

妻子说，我的儿子我还不了解吗？他的脸一抽抽，我就知道他是咋回事了。

他说，回来问问大乖。大乖就是那个表妹。妻子说，都不用问，指定是。妻子一直忧心忡忡的。

儿子回来的时候很兴奋，和表妹一直在探讨电影中的人物。从儿子一进屋，妻子的目光就围着儿子转。外面真的很冷，儿子的脸冻得通红。儿子常年不在东北，他有些不适应这里的气候了。妻子问，你们怎么回来的？儿子说，坐公共汽车。妻子说，怎么不打车。儿子说，站了半天，打不着车。表妹说，是啊，老多人在打车了，打不着。

儿子去屋里上电脑。儿子在那边打了一个喷嚏，妻子的目光立刻变得惊慌起来，她冲屋里喊道，怎么了，儿子？

儿子鼻子嗡嗡地说，没事，打个喷嚏。

妻子说，要不要吃点药。

儿子说，不用。

不一会，儿子又打了个喷嚏。妻子立刻站了起来，说不行，我得给他吃点药。妻子在屋里翻出了几片药，硬逼着儿子吃。她还摸了儿子的头，说，发烧了。

儿子看来真是病了，感觉不舒服，这病来得真快。他立刻佩服起妻子来，妻子哼了一声说，我的儿子我太了解了，他在电话里鼻子一嚷嚷，我都能听出来。

儿子回屋去躺着，妻子偎在儿子身边喂着姜汤说，儿子，别上火。

儿子警觉地说，我上什么火了？

妻子说，要是黄了别上火。我儿子这么优秀。

儿子说，你想哪去了啊？

妻子说，我看出你一接那个电话就不高兴，我寻思指定是小衣来的。

儿子咽了一口姜汤说，不是，是领导让我早点回去，单位有事。我本来计划多待几天，不愿意和你们说。

妻子愣住了，端碗的手莫名地有些抖，她说，我再给你换点。

儿子躺下说，不用了。

儿子说，妈，我一有对象才感觉到，我一天天就离你们远了。

妻子说，躺着吧。

儿子说，我就愿意这样在家里躺着。

妻子说，别想了啊，这个家永远是你的，我们永远爱你。

儿子别过头去，好像哭了。

妻子走到厅里，看见他还在看书。妻子扒拉他一把说，儿子哭了。

他从书里回过味来,说,真是,哭什么?

妻子说,他是因为咱们,他是舍不得咱们呢。

妻子的眼泪不可遏制地流了下来。外面已经黑了下来,只有雪光亮着。电视里演的什么已经不重要了,因为他们都没看。

谁打错了电话

一走出酒店,他就被雪包围了。雪,喧嚷着,嬉戏着,漫天飞舞,白茫茫一片。雪花很大,大得好像有了重量,落在身上却没有任何声息。他用手试了试,它们落在手上就化了,凉津津的。每个冬天下雪的时候,他都试图看清雪花的形状,每次都是徒劳。

好久没有下这么大的雪了,他想。

街道上行人稀少,这个时间,人们都回家去了,像飞鸟归巢。往天这个时候,他也坐在饭桌前吃着可口的饭菜,甚至喝点小酒。可是,今天从一开始就不对,从一开始就反常,连天气都显得不对和反常。下班的时候,他本来要回家,他已经武装好了一切,把围巾和手套都戴好了。小陈从门口走过,门开着,他看见了小陈,小陈也看见了他。小陈本来正匆匆走过,见他望见了自己,就带着一丝游移和慌张,定住了。

小陈说,张处长,还没走?

他应了一声,说就走。

小陈说,和我们喝点酒去呗?

事实上,他清楚地感觉小陈只是路过,只是顺便问他一下,甚至没希望他去。可是，他不知道自己为什么会答应，好像恰恰是因为小陈游移的眼神被他看在了眼里，使他一下子答应了，有些恶作剧的心理。

其实，他答应完就有些后悔。他知道他和小陈现在的关系只能说是一般，甚至是很一般。小陈是那种比较实际的人，以前的日子里，小陈对他还真是不错，小陈一直大哥长大哥短的叫他，嘴显得很甜。可是自从一年前他调到了现在这个部门，小陈就淡了，甚至很少打电话和到自己的屋里来。这他也能理解，每个人在这个社会生活中都遵循着自己的道理，都有自己的求生方式。小陈从一个司机，一路走到今天，很轻易地就成了办公室副主任，人家凭的什么，还不是会看风使舵？这没什么可责怪的，尽管你在小陈过去的生活中多有帮助，可是你对现在小陈的生活还有什么作用？要说有用，仅仅是年底考核划票时有一点，一票而已。

一到桌子上，他就更为自己这个草率的决定后悔，他的感觉没有欺骗他。小陈今天请的是黄总，黄总和他关系不好，小陈当然不会不知道，小陈可能也在为自己的草率后悔呢。他一坐在那里就不舒服，有一种被蒸烤着的感觉，尽管屋子并不热，尽管他们总共才五个人。黄总到底是领导，很有心胸，很热情，倒是小陈显得心神不定、无所适从，好像不知道怎么说话好了。他知道如果他在场，今晚大家都不舒服。就在他正琢磨着怎么脱身的时候，手机十分善解人意、恰到好处地响了。他以为是妻子的电话，接起一听，是个陌生的女人。女人说，我是关伟的爱人，老杨出事了。关伟？哪个关伟？女人说，是关伟让我给你打的电话，老杨说，只要和你提他你就能来。哦，他还是有些莫名其妙，他问，关伟出什么事了？女人说，他出车祸了，刚送到医院，说着女人在电话里哭了起来。他根本想不起来这个关伟是什么人，也不知道这个给他打的电话的人是谁，但他需要这个电话，需要脱身，他问，在哪个医院？对方边哭边说，中心医院。然后着急地说，你快来吧，我都懵了，我还要去挂号呢，你快来吧。说着就撂下了电话，肯定特别着急。

他立刻有了借口，他冲大家抱抱拳说，不好意思，一个朋友出点事情。黄总关切地问，咋的了？他说，一个朋友出车祸了，我过去看看。黄总说，让小刘送你一下吧。小刘是黄总的司机，这时候作出站起来的意思。他说，谁都不要动，你们喝你们的，我去去就来，车祸有医院，我也帮不上忙，就是过去看看。小陈说，要不我送你？他说不用不用，就赶紧退了出来，他知道只要他一出门，小陈就该松口气了，因为他自己也松了一口气。

他感觉刚才的电话肯定是打错了，他根本就没有一个叫关伟的朋友。可是，他又想，也许自己生活中有过这个关伟呢，是不是这些年不联系，忘了，可人家还深刻地记得自己？关伟，一个普通的名字，也许有过。这些年总有一些聚聚散散的朋友，谁知道是不是呢？他忽然对自己把握不定。走出酒店，他本来很想回家，可是那个女人无助的声音使他很受震动，他想，也许真的认识呢？上出租车的一瞬间，他已经不再犹豫了。

司机问，上哪？

他说，上中心医院。

车在大雪中穿行，根本跑不起来，所有的车都像蜗牛在爬。雨刷器嚓嚓地响着，雪像蝴蝶飞过来，在车灯下飞舞，死亡。他想，那个关伟究竟是哪一个呢？是什么样的车祸呢？是他自己驾车，还是被车撞了？这个鬼天气，怎么出了这样的事情。

他想到刚才的酒店，想到黄总和小陈他们，他想，他们也一定如释重负，他们和他的心情一样放松，他们已经端起酒杯，小陈他们正在开始向黄总敬酒。他们也可能在某一个空当说一下他的事情，甚至可能还要给自己打个电话，以示关切。会的，他们。

司机是个爱说话的家伙，他不但把收音机开得很大，还叨叨咕咕地说着冰灯的事情。他说，用了好几百万搞冰灯，十几万平方米哦，你看了么？

他说，没看。在哪儿展啊？他知道这个城市有个冰灯展，他计划着要领孩子去看看，可事实上在哪他都不知道，他就是这么样的人。

司机说，世纪广场。这天真冷得要命。

他不知道司机把广场和天是怎么联系起来的。

他说，这天容易出车祸吗？

司机看了他一眼，好像对这个问话很反感。司机说，要我看，这样的天气才不容易出车祸呢，越是这天司机越是加小心。车祸不分什么天，车祸就是该着。

他说，我的一个朋友出车祸了。

司机说，是么？是开出租的，还是私家车？

他一下子茫然了，说，不知道。

司机不易察觉地笑了，说，开什么车你都不知道，还朋友呢？

他不确定地说，好像私家车吧。他又补充地说，他好像也不会开车啊。

司机说，哦，看来你们是很长时间没联系了。是吧？

他说，是的。

他发现自己已经逐渐地钻进了这个自己给自己编的圈套里。他假设认识这个关伟，甚至这个关伟就是自己某一时期的朋友，他今天不幸出车祸了，不幸到什么程度他还不知道。他只是想去看看他，他摸了一下兜里，还行，还有几百块钱。他突然恍惚起来，我真的是要去看这个关伟么？

到了医院，他突然产生了错觉，医院倒好像是大街，人川流不息，他从未想过医院这个时候还会有这么多人。他平时很少来医院，头疼脑热的就自己买点药，不知为什么，他对医院有一种天然的排斥和恐惧。他问门口的导诊，刚才有一个车祸的人来抢救吗？

车祸？导诊的小姑娘说，有啊，有三个呢。都在急诊那边呢。

三个？他想。他怎么知道哪个是关伟呢？

这个莫名其妙的傍晚，这个莫名其妙的晚餐，这个莫名其妙的电话，加上这个莫名其妙的关伟，让一切都乱套了。

他顺着医院的走廊走向急诊室，不断地有人和他擦肩而过。急诊室门口乱糟糟的，的确是有两个人躺在活动病床上，他挨着个看了看，没有一个认识的。他捅了捅一个抻着脖子往里头望的人问，关伟呢？不料那个人翻楞了他一眼说，我哪知道谁是关伟，大夫，我们这个还有没有人管啊？

他看见这个人浑身是血，肯定是刚才抢救某个人了，他一眼看见那个移动病床上躺的是个女的。怪不得呢，心里正火着呢。

他知道这肯定不是关伟，另一个病床上更不用问了，是一个老年人，好像伤得也不重，在那里睁着眼睛哼哼。一个满脸横肉的年轻人说，你别再哼哼了，谁让你没事可哪儿走了。老年人立刻就不哼哼了。满脸横肉的人对另一个人说，你别没事人似的，扶着我爸点，给人撞这样，还想跑，你车咋开的？那个司机模样的人唯唯诺诺，恨不得给横肉跪下，哭叽叽地说，我眼看着老爷子往车底下钻，我根本就没有撞他，是他自己……横肉立刻火了，揪住司机说，你说什么？你还敢这么说，现在是救人要紧，我不和你啰嗦，一会你要是还这么说，看我不揍扁了你。他冲司机恶狠狠地瞪了一下，司机立刻下意识地缩头。

他想，这个倒霉的家伙，撞人都不会撞，撞到这样一个无赖和凶神恶煞面前，指定是没好了。看来，正在屋里抢救的那个人肯定是关伟了。外面这么多人，他无法分清是谁是谁的亲属，谁是谁的朋友，有了刚才的经历，他不太敢贸然相问了。他看着急诊室里的人进进出出，不一会，伤者被推了出来，好像是在这里进行了简单处置，然后被推向手术室，许多人和医护人员一起在推车，一个女的在旁边提着兜子跟着跑。他想，可能刚才打电话的人就是她。他已经看过那个躺在病床上的人了，可以确定，今天真的是搞错了，他真的不认识这个女人和这个叫关伟的人，这下他放心了。这个关伟的的确确和他的生活毫无关系，他一颗悬着的心终于放下了。

这时，酒桌上那边果然来电话了，一切好像都在按照他导演的进行。小陈已经有些酒意，问怎么样了，说桌上的人还等他呢。

他说，刚进手术室，正在抢救呢。

小陈说，那你还能回来不了？

他说，不行，我得在这里看看，挺严重的。

小陈说，那我们就不等你了。

他说，不用等了。

撂下电话，他觉得自己彻底松了一口气。他觉得医院太闷了。他走到外面，外面的雪依然很大，路灯下的雪花飞舞得十分醒目和耀眼。

一辆出租车嘎的一声停在他的面前，他没有犹豫就上了车。上车后，他掏出手机，按照那个号码拨了过去。响了半天才有人接，居然是个男的，他虽然觉得有些奇怪，还是忍不住地问了一句，关伟怎么样了？

那男的粗粗的声音说，什么关伟，你他妈是不是打错了？

他对着电话愣了愣，他想，究竟是谁打错了呢？

恍　惚

真冷，司机说。

他一坐上出租车，就感觉碰上了一个饶舌的家伙。他见识过各种各样的出租车司机，男的，女的，老的，少的，都见过。有的一上车他（她）就要和你搭讪，他不看你的脸色，尽管你一声不吭，他依然喋喋不休，自说自话，不管你愿意听不愿意听。有的一路都不和你说话，绷着脸，一副拒人于千里之外的感觉。你问一句，他勉强应付，不瞅你，好像不耐烦似的。坐在这样的车里你莫名地紧张，甚至想马上就下车。还有的你问一句他答一句，不多说一个字，惜话如金。这样的，一般脸上的表情都是平和的，热情的，甚至是快乐的，这样的司机讨人喜欢。他虽然不怎么喜欢饶舌的人，但他能理解，出租车每天都是和陌生人打交道，如果一点也不愿意交流，恐怕是会憋疯的。这样的人，无非是交流的欲望强烈一些罢了。

司机说，去看冰灯了吗？

他说，没有。

司机说，我听说这次政府可下老大工夫了，投了好几百万，冰灯面积有十万平米。

他还沉浸在刚才的电话里，没太拔出来。他没搭茬，他感觉司机说的和此刻他想的事情完全风马牛不相及。

司机说，要是有那钱投在路上，比啥都强，你瞧这路坑坑包包的。哎，我们是走解放路，还是走吉林大街？

他说，怎么走都行。

好嘞。司机说。

前面黄灯。司机没敢往前抢，把车停了下来，他拍着方向盘说，这鬼天，车都不愿意动弹，同样给油，就是不走。

他有了点兴致，说，呵呵，车也像人呢。

司机说，可不是咋的。

司机像遇到了知音，说这车可不就是个活物么，你要拿他当人看待，它就好好给你干，你要是不吊它，呵呵，它就给你使性子，耍脾气。

司机说，你说现在这人这车啊，都娇贵，才零下二十多度就受不了了。我们小时候，四十几度都有，那时候车咋跑了的？

他说，那时候才有几台车，满大街上一天都看不到几辆。再说，那时候都是解放车，抗造。

他想起小时候寒冷的冬天，那才叫冬天呢，他们戴着棉帽子，他们戴着手闷子，他们穿着大头鞋或者那种棉水乌拉，他们还要戴着口罩，把防寒武装到牙齿。滴水成冰肯定是那时候创造的词汇，他相信再过几年，这个词就会消亡，因为所有的人都会认为这是一种不切实际的夸张。他最近在网络上看了一部叫做《山楂树之恋》的长篇小说，很真挚，给人的感觉就是作者的回忆录，但是据说那些九零后们看了之后就大加挞伐，说简直是不可思议，是虚伪的爱情。他是经历过那个年代的，虽然赶了一个尾声，但他认为故事绝对是真实的，只不过是艺术性差了些，就此他还和比他年长的一位老兄做过争论。他们的观点从本质上说是一致的，不一致的地方就是对文本的要求和解读不一样。他们都承认作品的真实，其实这就可以了，至今为止真实记录那段历史的有几人，很多人都是采取了回避的态度。中国的文人们大都愿意回避经历的痛苦，而制造或者夸大自己认为是痛苦的痛苦。还有一点他们不太一致，他认为和没有经历过这个时代的那些人辩论他们没有过的经历，简直是荒唐。

　　雪还在下着。是那种飘飘忽忽的雪，很大的雪花，是书里经常说的鹅毛大雪。

　　他知道这样的天气在北方已经很少了，他奇怪南方反而经常是大雪满天，大自然最神奇的地方莫过于让人类失算，所有的预测都成为笑柄。比如地震，比如洪水，任何一次的预测都让我们对大自然的报复更加恐怖，对自己的能力更加失望。我们曾经对大自然有多么强烈的掌控和凌驾意识，事实上，即使科技发展到今天，我们在多大程度上能了解大自然都是个未知数。上了年龄以后，他迷上了一些科技知识，这让他对自然中许多曾经不以为然的生物充满了敬佩和崇敬，比如蟑螂，比如老鼠。他过去从来没有认为这些东西有生存的道理，他甚至认为这些东西是早晚要被人类灭绝的。可是后来他知道，它们在这个世界上或者说来到这个星球上的历史，比人类都长，只是人类自以为是，从来都把它们摆在从属的位置上，按照人类自己的想法去看待和划分它们。他还在网上看到，有人恐怖地预测，将来是昆虫的时代，若干个世纪后某一天人类已经消亡，那些被人类随时就能碾死，就能生杀予夺的虫类，居然要在街上大摇大摆地发号施令……他虽然也觉得这是耸人听闻，也不免觉得很恐怖。

司机说，到了。

他说，到哪了？

医院啊，你不是说医院吗？

他说，我什么时候说上医院了？

司机诧然，嗨，你这个人哎，你上车就跟我说去中心医院，我还会听错？

他说，不对吧，我还没有说去什么地方，因为我还没想好去什么地方。一上车好像就是你说话了的。你唯一问过我是走解放路还是走吉林大街，对吧？

嗯？司机挠着脑袋说，是我糊涂了？哦，他想起来了，说，我刚才送一个人，他说去医院，说是他的一个朋友出车祸了。呵呵，不好意思，不好意思，我把事情搞混了。那你去哪里？

他说，回家。

他说了个小区的名字，司机掉过头朝那个小区方向驶去。

盘　鹰

出门的时候，他用手试了试风，有些硬，他感觉到风穿过手指，丝丝的，他知道江边的风会更大。本来，他是提着那只新做的苍鹰出来的，现在他有些犹豫，犹豫的结果是从门后的墙上又把只夫妻燕儿（风筝中沙燕的一种）拿了下来，这都是他自己做的风筝。

几天前，让他痛尝失败痛苦就是这只苍鹰。为了做那个苍鹰，他很费了一些心思。刮那些竹篾子的时候，他没用电动工具，甚至不用刨子，他就用裁纸刀放在大腿上一点一点地刮。浸泡好的竹篾柔软而带着竹子的味道，他选择的是最好的贵竹，那竹篾的确和别处的不一样。竹篾刮好后，他用线把它们绑好胶好，每个箍线的道数都是一样的，对称的，看上去它们的细密程度几近没有缝隙，这才是真正的手艺。他就像一个天才的接骨专家，把它们原本支离的骨头接了起来。他在白色真丝面料上把羽毛画得纤毫毕现，一旦上了骨架，这些羽毛立刻就活了，它们忽闪忽闪地动着，仿佛要飞起来似的，但他知道它们动不起来，因为他还没有完成最后一道工序——点睛。

他无论如何要把这只眼睛画活，因为在他看来，这只鹰活不活全在这双眼睛了。他要让它目光犀利,能看到周围的千变万化,飞起来灵活自如。他已经不是第一次做鹰了,每次点睛的时候,他都要先净一净手,然后烧一炷香,让心平静下来,让它一气呵成。

画好后,他试探地问老婆,嗨,这只鹰好看吗?

老婆没看那鹰,老婆的手里正在切菜,老婆把锅敲得当当响,老婆说,赶紧去买点酱油,要老抽,色重的那种。

他立刻就觉得很晦气,有了不祥之兆。这么好的鹰在烟熏火燎之下,还有什么神气?他没想到第一次把它拉出去放飞就出事了。

那天风并不大,他走出楼门,顺手就把它拽了起来,苍鹰一下子就飞起来了。上蹿,俯冲,横飞,从来没有这么顺手过,想怎么飞就怎么飞,好像一个已经摆弄熟的老风筝。他感觉,它太不正常了,新风筝这样适应外界,让他始料不及,这给他一种不祥的预感。

他搬到江边的时间不长,大家各自放各自的风筝。他们的风筝他看不上,许多人的风筝一看就是买的,买的风筝有什么意思呢?最引人注目的就是那几个喜欢放龙风筝的老人,他们是这里的元老。放龙风筝是近年来才兴起的,它是从蜈蚣风筝演化而来的,他们无非是在蜈蚣身上加了个龙头。龙风筝由于长达三十多米,对风和场地的要求就比较特殊,需要有三级以上的风才能放起来。江边的这个叫风筝岛的空地上,最多时候有五条龙同时在天上舞动、盘旋,飞起来煞是好看。他不稀罕那些大东西,你盘鹰(玩风筝的一种手法,就是玩鹰)看试试,他觉得他们虽然手劲还可以,但是他们的眼睛跟不上趟了。

老家伙们好像对他也有些反感,看得出这是一个不知轻重的年轻人,他们想有机会教训教训他,他们教训人的方法多着呢。看见他来,都说,嗨,又弄什么来了?他们其实已经看见他手里的苍鹰,他们不过是故意问一问。他们说，今儿个怎么？要盘鹰？他哦了一下，从那些放龙的，放八卦的，放三角的，放乌贼的，总之是放风筝的老家伙们身边穿过去，一直走到江边。

他把那只鹰一下子扯起来了，那鹰真争气啊，它在他的拨弄下上下翻飞，时而窜入空中，时而俯冲水面，有时就贴着江面飞翔。

那些老家伙一边拽着自己的风筝一边看，说，呵呵，这家伙，玩鹰啊。他们说，鹰可不是好玩的。他们说着说着都不说了，也许让他们说着了，因为那只鹰果然不好玩，他们眼睁睁地看着它一下子栽到江水里去了。

他们看见那个年轻人先是使劲地拽线绳，线绳被什么缠住了，十有八九是被那些捞蚂蟥插在江里的桩子缠上了。年轻人用力过大，一下子就把风筝线拽断了。眼看着那只鹰顺水漂了下去，年轻人矮下身子，一下子蔫了，他手里还抱着那个倒霉的轮盘。谁都能看出来，刚才就是这个轮盘出了毛病，无法及时收线，才使风筝掉在了江里。

老家伙们开始还说风凉话，说这个轮盘好啊，到时候就不转了。

老家伙们还说，一看就知道是自己做的，瞧瞧，那摇柄还是色木的呢，轴心还是有机玻璃的呢，叉子还是不锈钢的呢。

他们说这话的时候，年轻人已经坐在了地上了，他把手使劲地往头发里插，好像要把那些头发揪下来，最后揪成了一堆乱草。这家伙，栽了。老家伙们有些看不下去了，他们还是有同情心的，他们只是看不惯他的没大没小，他们内心里还是很欣赏他的，他们都从这个年龄里过来过，他们现在心软了，就纷纷拽着风筝围过来。他们说，鹰不好玩，他们说，你这是苍鹰，它不是咱们北方的，它不听话。

他蹲在那里,眼睛本来是有泪的,那泪在眼圈里转,眼看着就要掉下来了,可他硬是把它们吞了回去。他站起来,把一团乱线拽断,抱着那个色木的、有机玻璃轴心的、不锈钢叉子的轮盘走了回去。

回到家里,他把轮盘咣当一下扔在地下,然后把自己重重地扔到床上,望着墙壁。他开始疯狂地埋怨自己。他想,我为什么要急冲冲地去呢,还不是想到老家伙面前去显摆显摆,鹰大概也是知道的,才急于表现,它是为我去牺牲的啊。继而他又开始怨那个轮盘,平时好好的,为什么就突然就卡住了呢?他百思不得其解。

老婆过来安慰说,老婆说,丢了再做嘛,你又不是做不来。

他说,那鹰多好啊,它简直通人性。

老婆说,一个风筝。

他觉得和老婆说不明白,它怎么能就是一个风筝呢?

这次他吸取了教训,他早早起来,他要趁着那些老家伙还没出来就把这个新做风筝调试好了。有晨练的人不断从他身边跑过,有汽车从他身边开过,他们一律(包括车上的司机和乘客)地回头看他,这家伙,这么早提着风筝去干什么?

江边风果然有些大,有轻微的风声,像柔声细语。他又用手试了试,觉得风是在高处走,是那种不影响盘鹰的天气。远处的黑黢黢的龙潭桥上,一列火车正轰轰驶过,时间还早,看来一切好像都还正常。他把苍鹰连接在轴线上,轻轻一拽,那只苍鹰就呼的飞了起来。他抖动着线绳,那鹰开始上下翻飞,一会一个翻身,一会一个俯冲,眼看着要冲到地上或者江面,又呼的拔地而起,看上去就和真的苍鹰一样。

他说,嗨,这回让你们好好看看我的鹰。

天渐渐亮了,这时候风骤然大了起来,他最不愿意看到的事情发生了。那风好像是从松花江里刮起来的，带着淖淖雾气骤然袭来。松花江果然是一条神奇的江，它经常产生这种雾岚，无端的江风骤起，就像它的冬天产生雾凇一样，让人不知所以。那只苍鹰仿佛受不了这风，它忽然摇摆起来，失去控制一样地胡乱地飞，他明显感到手的力气不足，他连忙收线，因为他知道这么大的风不是盘鹰的天气，在这样的大风面前，你尽管是个高手也无能为力。

那只鹰翩翩地落了下来，他有些沮丧，凭他的感觉和判断，那些老家伙马上就要来了。年轻人把苍鹰放在地上，用一块石头压住，然后换了一个夫妻燕放了起来，那对胖胖的夫妻燕轻盈地飘向空中，飞得自如而灵动。

他想，亏得我早有准备，要不又被他们笑话了。

老家伙们果然三三两两地拿着各式风筝来了，他们看到他在放沙燕儿，就说，玩上燕子啦，今儿个怎么不盘鹰了？

他没吱声，继续放着他的风筝。那对肥肥胖胖的夫妻燕，自由自在地扭动着身躯，好像在向别人张扬着幸福与快乐。

后来，老家伙们看见地上那只鹰立刻就不说话了。这是一只什么样的鹰啊，那鹰做的实在是太漂亮太地道了，他们都是做风筝的老手，他们不得不对这个年轻人刮目相看。他们一旦服气了就不在乎身份了，就容易礼贤下士了。他们收起了自己的风筝，来到年轻人身边，或蹲或站，目光里渐渐有了羡慕，有了不好意思。那些羡慕和不好意思像长长短短的手伸了过来。他感觉到了，他们都有些手痒，都用眼睛盯着那只苍鹰，他们肯定已经很久不敢盘鹰了。

这样好的鹰。他们说。

苍鹰。他们说。

没赶上好天气啊，他们说。

小伙子这回接茬了，是啊，天不好，天好的时候咱们比试比试，这地方已经很久没有人敢盘鹰了吧？

　　老家伙们立刻点头，可不是，可不是。

　　年轻人高兴了，他把线松了松，那只夫妻燕很快就融入了那些乱七八糟的风筝中。

看 戏

外面有人喊三孩,三孩趴窗户一看,是小顺子。

三孩问,干啥啊?

小顺子挥挥手说,走啊,看《智取威虎山》去。

三孩有些兴奋说,有票吗?

小顺子说,没有,到那儿再想招呗。

小顺子的爸爸是文化宫把门的,每次有什么演出他都能提前知道,小顺子还挺哥们的,有啥好事都忘不了三孩。三孩看了看,天已经有些黑了,三孩放下饭碗就要往外跑。哥哥用筷子敲了一下桌子告状,妈,三孩剩饭碗。

妈妈正在厨房忙着什么,厉声喊道,三孩,你干什么去?

哥哥刚要说,妹妹就抢着说,他要去看《智取威虎山》。

外面是两家一个厨房,一到做饭的时候都在忙,声音嘈杂,妈妈这句话没听清,妈妈问,什么山?

哥哥和妹妹一起说,《智取威虎山》

这时,妈妈就走进屋里,妈妈在围裙上擦着手说,怪不得你爸不回来了,他八成也是看《智取威虎山》去了。

哥哥说，爸爸怎么不多弄几张票啊，让大家一起去看。妹妹也说，是啊是啊，爸爸怎么一点都不想着我们。

三孩可不管这些，他三口两口把剩饭扒拉一下，起身穿鞋就走。

外面风真的挺大，秋天的风挺硬的，刮得落叶翻飞，三孩想，不带妹妹是对的。小顺子已经等得有些不耐烦了，说，咱们没票你知不知道，这么磨叽。三孩也不答话，一边扣衣服扣一边快走。他太了解小顺子了，平常见他溜溜的，就这时候敢跟他牛逼。

小顺子边走边说，今天人很多，估计我们都进不去。三孩说，别的啊，我都跑出来了，我可不能回去，回去我哥哥和我妹妹该笑话我了。小顺子说，那也得看我爸在不在。三孩就说，招呼小亮一声，小亮不是会改票吗？小顺子说，不行，这次据说可严了，说是中国铁路文工团的，演样板戏演得可好了，演杨子荣那个长得贼像童祥苓。

他们很快就来到文化宫门前，今天来的人真是太多了，小顺子说，我先进去看看，一会儿再想办法，你先在外面等着。

不一会儿，小顺子就出来了，小顺子走到三孩面前沮丧地说，倒霉，刚进去就被撵出来了。

三孩问，看见杨子荣了吗？

小顺子说，看见个屁，前面全是人，我就听见唱了。

三孩说，刚才文化宫主任拿着大喇叭说，里面一个站着的也没有么？

小顺子，是啊，就是他给我推出来的，真奇怪，今天前面都拿板凳坐着呢，齐刷的，不知道从哪弄的板凳。要知道，咱们也带上板凳。

三孩说，不是自己带的吧，我在门口没有看见谁带板凳啊。

小顺子说，可也是，可能板凳也是有票的。这回是没辙了。

他们都有些沮丧。目前的情况很明显，就是找到了小顺子他爸，就是进去了，也是看不成，也要被清出来。

有风刮过来，门前的皂角树上结出的皂角垂挂下来，好像能发出叮叮咚咚的响声，有纷乱的叶子从树上飘下来。

小顺子突然说，你想看演员不？

三孩立刻来了兴致，说，想看啊。

小顺子说，我领你从后窗户去看演员。

两个人就绕到了后面，后面是一片荒凉的蓖麻地，夏天的时候，三孩他们总愿意钻到里面去捉蜻蜓，现在那些蓖麻籽已经被人摘掉，剩些七倒八歪的蓖麻杆。从门前冷丁来到这里，感觉很暗，黑黢黢的。小顺子走在前面，他一下子撞到了一个大人身上，那个人立刻喝道，你瞎啊？还没等他们看清人，那个人就和另一个人向更黑暗处走去。从背影上看好像是一男一女。

三孩一下子愣住了，不知为什么，他听见那声音有些熟悉。

小顺子说，嗨，碰上搞破鞋的了，怪不得人家不高兴。

三孩往黑暗里看了看，什么也看不清。他想也许是声音相像，怎么可能呢？

小顺子在喊他，你愣着干什么哪？从这儿上去看。

窗户很高，窗台很窄，还有坡，他们得抓住窗户的把手才能站住，上了几次也没上去。

小顺子说，我不看了，我托着你，你看。

三孩觉得小顺子就是够意思，关键时候都让着他。但三孩知道，别人欺负小顺子的时候，他也是当仁不让的。三孩被小顺子托着上了窗台。窗户是从里面开着的，三孩看见那些演员了，但他没有看见杨子荣，他想杨子荣可能在台上呢。那些演员在说说笑笑，互相打闹着。他看见了小常宝，看见了少剑波，还有座山雕和小炉匠。后来，杨子荣进来了，很威武的。杨子荣进屋就喊，该你的了，然后脱掉大衣说，真热。杨子荣还和小常宝开起了玩笑，那玩笑有些不入耳，三孩听了很不舒服，可是那个小常宝居然笑了，这让三孩更不舒服了。三孩忽然感觉很不真实，他从来没有在舞台下看见过他们，那个小常宝，那个杨子荣，他们都是很陌生的，他们都和剧照上和舞台上是不一样的。三孩忽然觉得自己很没有心情，不知道为什么没有心情。

那个杨子荣忽然一眼看见了三孩，他走过来冲着窗户恶狠狠地抽了一鞭子，三孩一点准备也没有，一下子从上面掉了下来。三孩着地后脚后跟摔得生疼，还顺带着把小顺子弄倒了。小顺子揉着屁股不满地说，怎么了？你下来怎么不告诉我一声。

三孩的腿有些瘸，三孩说，他用鞭子抽我。

小顺子没听明白，小顺子问，谁啊？谁抽你啊？

三孩说，那个杨子荣呗。

小顺子明白了，小顺子嘎嘎嘎地笑了。小顺子说，我说怎么这么快就下来了呢。

三孩一点也不想笑，他说，那个杨子荣一点也不像童祥苓啊。

小顺子说，人家都说像呢。

三孩坚定地说，不像，一点也不像。

小顺子不服气地说，我爸都说像呢。

三孩更加坚定地说，你爸说也不像，谁说都不像，我是亲眼看见的。

小顺子不说了，小顺子觉得没趣，三孩也不说了，三孩也觉得没趣，真的很没趣。

小顺子想转移一下话题，他说，今天真倒霉，碰上了搞破鞋的。

三孩说，别瞎说，也许是小便的呢。

小顺子说，我明明看见那是一男一女，他们躲在这里干啥？还能有啥好事？

三孩想，是的，他们躲在这里能有啥好事？但三孩就是不想说这件事。小顺子觉得很奇怪，三孩今天怎么了，吃枪药似的，不就是没看成《智取威虎山》么，那你还看见杨子荣了呢。他本来想继续说点什么，路灯下看见三孩绷紧着脸，也就不好说话了。

天不知道什么时候阴的，有稀稀拉拉的雨落了下来。他们开始往回走。

小顺子忍了忍还是没忍住，小顺子说，三孩，我说你别不高兴啊，我刚才听那个人的动静有点像你爸。

三孩站住了，虎着脸冲小顺子说，你净瞎说，我爸在家呢。

小顺子从来也没见过三孩这么和他急眼，连忙解释说，我也没说是啊，我说像。

三孩说，你咋不说像你爸呢？

小顺子就不吱声了。雨越下越大，有雷声从远处滚过来，很大的雷声，他们跑了起来。

回到家里，哥哥在灯下学习，哥哥问，看了吗？

三孩听出哥哥的话里有揶揄的成分，也看到了哥哥疑惑的表情，但三孩顾不得和哥哥说什么了。三孩的鞋已经湿透了，他觉得自己很累，他一边脱鞋一边说，看了。

躺在了床上的妹妹从被窝里探出头来说，你骗人，还没演完呢，爸还没回来呢。

三孩忽然有些烦躁，三孩说，你知道个屁，就是看完了。

妹妹说，妈，二哥骂人，他说我"知道个屁"。

妈妈说，你睡吧你。

妈妈对三孩说，瞧你浇的，洗洗脚，上床吧。

三孩洗了脚，很听话的上床了，三孩在床上烙饼，三孩想立刻睡过去，可是越想睡越睡不着觉，他的脑袋里乱七八糟的，眼前总摆脱不掉那黑暗里一男一女的背影。

很晚的时候，爸爸回来了，爸爸的身上几乎湿透了。

妈妈说，你怎么浇成这样？就不能避一避么？

爸爸说，散场了，正赶上下雨。

妈妈说，你说你，还不如让三孩去了，三孩还没进去，也淋了一身的雨。

爸爸唔了一声，往三孩这面望了望，说，票太少了，没办法。

妈妈赶紧出去热菜。

三孩这才翻了个身，他故意想弄出个动静，但却是没有动静。

带　鱼

　　谁也没有想到事情会变成后来的样子。应该说，冯主任是很周全的人，每年为自己部门过年搞福利的时候，都会想着各部主任。每年都一样，是一箱带鱼。带鱼很好，是在牛马行菜市场水产大厅一王姓人家摊位特定的，人家也不糊弄，年年特意去为冯主任进货。好几百箱从大连运来，不多挣，一箱就挣个三块五块的，实际就是个运费钱和苦力钱，比市场上一般家卖的带鱼既好又便宜，双方合作好几年，都满意。

　　冯主任是报社发行部主任，今年搞读者订报有奖赠送活动，就想出了送带鱼的高招。王姓人家没想到规模这么大，但合作这么长时间，人家又是多买，何乐而不为呢？就让发货方多发了些货，把个摊位堆得像小山似的。那几天，别的摊位看着那么多人手里拿着票，直奔王姓人家水产摊位去，就有些眼热。照说，过年了，谁还没有几家关系户？可是，一般家也就是十份八份的。看人家老王家，这回真掏上了，居然有好几百份，真是发了。你想啊，一份就算少挣，三块五块的，架不住这多啊，一三得三，二三得六，有仔细的就给算出来了。然后叹道，呵呵，不得了啊。

冯主任这边照例让手下拉个单子，每年都要拉单子的。冯主任不会亲自去办这种事情，手下一通忙活，很快就都把票分下去了。冯主任抽着烟，听着汇报，说订报的读者反应都不错，说报社这次搞的挺实惠。正说着，冯主任从走廊门看见徐阶走过去。他一拍脑门问办公室主任，徐主任的鱼送没送？办公室主任问，哪个徐主任？徐阶啊。办公室主任说，忘了。冯主任就有些不高兴，他说再想想，看看还有谁，尽量别落下，每年都给，今年落下不好，也不差那一份。

冯主任做的对啊，什么事情一成了惯例就不好办，落一群不能落一人，不信你看。

徐阶是故意从门前走的。他本来也不差这箱带鱼，但他看见后勤部苏主任、要闻部章主任、经济部曲主任都拿着带鱼走了。他想，不至于把我忘了吧？徐阶这样想也是有道理的，徐阶刚从要闻部调到记者协会，明眼人谁看不出来他的失宠，记者协会是啥部门？和大家的工作关系不大，就是退休前养老的部门了。

本来他也理解，这些年徐阶在单位领导的你争我斗中已经充分领教，他也是跟着吃锅烙才被发配到这里的。可是糟糕的是妻子惦记着，妻子说，今年没带鱼啦？徐阶说，不知道搞没搞。妻子说，冯主任的带鱼很好吃，市场上没有那么好的带鱼。妻子言外之意就是还想要。

徐阶想，这种事情人家想着你给你，人家不给你你还能当账要么？

徐阶就采取这种办法试探，他不断地在冯主任面前走，提醒冯主任。好在冯主任心细，拍着脑门想起来了。

办公室主任仔细核对了一下，最后确定，真就是把徐主任给落下了。

冯主任手拄着写字台说，落一个也不行，马上办。

办公室主任说，那就给他票吧，也不能为他一个人再去取一趟啊？

冯主任说，那行。把票给我。冯主任就亲自把票送过来了。

冯主任满脸堆笑地说，今年我这里太忙，把大哥的带鱼给忘了。

徐阶说，没关系，没关系，我知道你忙。

冯主任说，没办法，今年就麻烦大哥自己取了。

徐阶说，好的。

年前就那么几天，一晃就过去了。徐阶喝酒打麻将的，就把取带鱼的事情给忘了。

直到后来有一天，已经快年三十了，妻子问，你那带鱼还没取吧？徐阶说，还没有。妻子问，那你啥时候去取啊？徐阶有些不耐烦，他说，过了年再取也可以，这票不作废。妻子没再说啥，就一箱带鱼，儿子不吃鱼，过年再取影响不大。

过年其实很简单，三十晚上看了那台晚会后，剩下就是吃了睡，睡了吃，没啥新鲜玩意。那台晚会，他就记住了一个刘谦，一个小沈阳，有意思。过了年就火得不得了，妻子每天上网查小沈阳的节目，只要有新的就在电脑上看，发出失控的咯咯的笑声。儿子也是忙忙碌碌的，不是会同学，就是看电影打网球的，好像没怎么正经在家呆。

到了初七，儿子就走了，徐阶也上班了。

徐阶的班其实可上可不上，记者协会就他一个人，本来领导要配个员，徐阶觉得要是领导一个人，还不如做个光杆司令，一个不领导。因为有一个人在，你就得什么事儿都要和对方打招呼，等于是相互领导了。平常协会也没人过问，没啥活动，徐阶就又忙活着喝酒打麻将去了。

　　有一天，妻子问，你带鱼不取啦？

　　他这才想起还有带鱼的事情。就去了牛马行市场，一看，人家关门，门口的通知上写着，要休息到正月十五。没办法，等到十五吧。过了十五，他上午出去玩，下午去了一趟，依然关门。一问才知，二月二之前，下午不营业。

　　他就觉得这事儿有点闹，这一箱带鱼搞的，这么不顺。

　　他按着票上的电话打了一个，电话通了，是一个女的接的。女的说，这是年前的事情，规定也是年前取完，现在都啥时候了？我们这是小户买卖，哪有那么大的库？剩下的都退回去了。

　　徐阶想了想，也对。人家怎么会为了你这剩下的一两份带鱼还给你留着，回家就和妻子把人家的意思说了。

　　妻子可不像他这么好对付，妻子说，那不行啊，她外面还有票呢，怎么连招呼都不打就拉到了？

　　徐阶说，谁会为你——

　　妻子说，得得得，我就知道你，你就是没拿这事儿当回事。

　　妻子说，你还装啥啊？现在谁还给你东西，就人家冯主任还想着你吧？

　　徐阶也不高兴了，说，要不是因为你，我都不要，也没这麻烦。

　　妻子气咻咻地说，明天我去取，看她敢不给？

　　徐阶真怕妻子去，本来就是白给的，要是较真恐怕不好。

　　徐阶就说，还是我去吧。

　　其实徐阶心里清楚，对方敢这么做，肯定是和冯主任通了气的，要不人家会那么硬气？你要是真去较真，显得自己小气不说，搞不好还会把冯主任装在里面。

但是，徐阶又拧不过妻子，他有点左右为难。

第二天，天上飘着雪花，他边往牛马行走边想，自己这是何苦的呢？当初干吗非要这一箱带鱼，其实不就是为了一个面子么？

走到水产大厅前，徐阶手里攥着那张已经有些褪了色的带鱼票，心里还在犹豫，去不去呢？去了怎么说呢？

和领导同车

一上车，小尹就觉得不舒服。其实也没什么不舒服的，就是感觉。感觉这东西是挺怪的，没有来由，没有道理可讲。

前面是总编，和他一起坐在后面的是记协秘书长。两个人都是老同志，平时也挺和蔼的，但小尹就是觉得不自在，不自在在哪里又说不清。照理说，小尹是应该感到自豪和高兴的，这次省里记者节表彰，他是唯一代表，要去上台领奖。那么多获奖的，偏偏安排自己去领奖，可见领导对他的钟爱。

小尹随手拿了当天的报纸，还拿了一本杂志。小尹上车后，发现二位领导已经坐在车里，总编毫无表情地说，走吧。看来领导是一直在等自己，自己还忙忙活活签到，还和主任请假，真是有些多余。和领导出去办事你扯这个干啥，打个电话跟主任说一声不就得了么，何必让领导在车里等你？

但领导看来没有多想。车开起来，正是早晨上班的高峰，车子很多，总编就对秘书长说，这汽油涨价会不会影响汽车消费啊？我听说有的都把汽车封存起来了。秘书长说，没那么严重吧，我看油价不是最本质的问题，本质的问题是这次经济危机要波及全球。总编说，我是担心我们这次和中东大市场联合搞的这个车展效果如何。秘书长没有说话，他不负责这些具体业务，所以太具体的业务他说不上来。小尹觉得总编的这句话既然问了，就应该有回答，谁回答呢？秘书长不回答，那就应该由他来回答。他是跑工业的，多少也了解一点每年展览的信息，就说，估计没问题，咱们都搞三年了，每年都人山人海的。总编说，不管咋说，咱们的广告费钱到手了。小尹想，亏得这句接住了，人家总编本来是要说后面这句话的。如果没人接茬，这话怎么说啊？

小尹拿着新出的报纸翻，翻得哗啦哗啦响，总编回头看了看，说，二版那个写改革开放三十年的稿子是你写的吗，不错啊。小尹就谦虚地说，采访可费劲了，我采访了五六个人呢。秘书长说，采访作风很关键，什么时候都得要采访作风深入。这句话好像提醒了总编。总编说，我们搞那个记者体验采访很有效果，记者们深入一线，包矿区的上矿区，和工人一起下井，包工厂的上工厂，很有收获和体会。是不，小尹？小尹说，是是。其实小尹也和大家按照总编的部署下去采访了，但他根本就没有下矿区。他是让宣传部的人下去写体验，他在上面收集素材。这招也是宣传部人给出的，可是他不敢跟总编说。他知道大多数人都是那么做的。

开着开着，上了高速公路，两位领导都有些困倦，不一会就都歪着脑袋睡着了，车里响起此起彼伏地鼾声。到底是岁数大了，小尹想。小尹自己一点不困，精神抖擞，但小尹有个毛病，这个毛病就悄悄找上来了：小尹的烟瘾很大。小尹不知道自己该不该抽，他知道两位领导是不抽烟的，好像司机也不抽烟。这让小尹很痛苦，他把手伸进兜里，掏出一根烟卷在手里攥着，没敢放在嘴上，他想偷偷点上，又觉得不好。烟就始终在手里攥着，后来就用两个手指揉搓着，他感觉那根烟很快就被他的手攥湿了，烟丝在不断的揉搓中往下掉。不一会，那根烟已经折了。小尹觉得很可惜，就把烟偷偷摸摸地放在鼻子前闻了闻，烟丝的味道一下子扑进鼻子，他差点没打个喷嚏，他赶紧把那根烟扔掉。

小尹接着就强迫自己望着窗外。都十一月份了，居然还不下雪。在以往，这样的季节里已经是大雪纷飞，天寒地冻了。可如今看上去，竟还是秋天的景致，地里的庄稼虽然收割了，都扔在地里，路旁高大的杨树叶子还没有落净，好像能挺过冬天似的。小尹就想起自己的家乡，想起那大山里面的岁月，就感激父母把他供上了大学，感激能够幸运地来到报社。正想着，总编一个哈欠醒来，问到哪了？秘书长好像是总编的神经末梢，也几乎同时醒来，好像睡得很不舒服，摇着脑袋说，到九台了吧？司机说，刚过九台。

总编说，我在九台呆过，这地方别看不起眼，交通枢纽，打起仗来是兵家必争之地。

远远的能看见有飞机起降，那里是新修的三台子机场，对外叫龙嘉机场，名字很赫亮。

总编说，这次会看来省里挺重视，以前省记协开会都是有头无尾，不知始终，这次看来是认真了，光通知就发了两遍。

秘书长说，是，原来那个秘书长光知道喝酒，不怎么干事。

总编说，干就有个干的样子，要不就不干、我历来主张，哪怕是一件微小的事情，也要有始有终。

这时候，小尹的另一个毛病找上来了，这可是大毛病，这也不是小尹一个人容易出现的毛病，糟糕的是，这毛病别人都没犯，就是小尹犯了，这可比烟瘾还厉害，小尹有尿了，想上厕所。头天晚上，妻子为他高兴，包了饺子，可是左等右等不回，小尹那时早已被部里的同事拉上了酒局。主任说得好，这件事，不光是小尹个人的荣誉，也是部里的荣誉。人家部里为小尹庆祝，妻子也不好说什么，就把饺子放在了冰箱里，早上起来给他煮了。油腻那么大，小尹吃完了就拼命喝水，结果走到半道这就出毛病了。这可怎么办呢？小尹想。看看领导有没有想方便的，他真希望总编或者秘书长早晨也吃了饺子，喝了水。可看他们的样子一点也不像。秘书长居然还一口一口地喝着矿泉水，口渴的意思。小尹看着秘书长喝水，更勾起他一阵阵尿意，他甚至觉得自己马上就可能尿车上了。他只好转过脸去，竭力不去想这件事。但恰在这时，总编回头和他说话，他就又不得不听领导说话。

总编问，小尹，知道为什么让你去领奖吗？

小尹摇了摇头，故作天真地说，为什么？

（他的内心痛苦地说，我想尿尿。）

总编说，因为你表现好。这回可不光是凭稿子，这次是表彰优秀新闻工作者。

小尹说，我还做得不够。

（小尹的心里再次呻吟着说，我想尿尿。）

秘书长说，可不是咋的，咱们市里一共就给俩名额，代表领奖就你一个人。

见小尹没吱声，总编回头看了看小尹，说你脸色不好，有什么不舒服么？

小尹本来想说了，可眼看着已经临近收费站了，那个巨大的长春两个字已经是明晃晃的了。他想，再忍一忍吧，这么远都忍了，就不差这么一会了。

小尹就说，没事。

会场设在省广播电视局新盖的大楼，很气派，二十几层。车子一停，总编下去了，秘书长下去了，小尹也下去了。小尹下去看总编他们往会场走，就连忙找厕所。

　　总算尿出来了，尿得畅快淋漓，小尹从来没有觉得尿尿是这么舒服的一件事情。这一刻，他甚至觉得那种舒服的程度都赛过上台领奖。

　　小尹从厕所里走出来，系紧了裤腰带，立刻变得精神抖擞，他这才发现刚才光顾了找厕所，不知道会场在哪儿。问了门卫，才知道还要到十二楼。小尹走进会场，发现总编已经坐到主席台上去了，秘书长正在前面焦急地望着门口，见他进来连忙冲他打招呼。他急匆匆地走过去，秘书长有点不高兴地说，你上哪儿去了？小尹说，我上厕所了。

　　就有人走过来给小尹戴上红花，让他往前坐，座子上都是有名签的。

　　小尹想，中午吃饭的时候说啥也不能喝酒，再可不能做这种愚蠢的事情了。要不，和领导请个假，说自己有事晚些回去，然后自己坐火车走？

　　想想觉得都不妥，小尹就有些拿不定主意。这时，有掌声响起来，从门口走进一些气宇轩昂的人，估计是大领导到了，会议马上开始了。

逗　鸟

这是个夫妻店，也做鞋也擦鞋，叫"易得制鞋店"。老人就住在店的楼上，定期来这里擦鞋。老人鞋的式样很老派，是那种三接头的，现在街上已经很少见了。老人很喜欢这个小店，小店的夫妻对老人很热情。小店里还养着一只会说话的鹦鹉，放在地上，老人和许多人一样，喜欢一边擦鞋一边逗那只鹦鹉。

老人说，你好。

鹦鹉就会说，恭喜发财！

老人说，你好。我说的是你好。

鹦鹉还会说，恭喜发财。

老人作出要打它的意思，那鸟就左右看看，不躲也不怕，一副调皮的样子。一旦老人要走的时候，它突然说，你好。声音很大，很尖利。老人回过头来说，你是故意气我啊？

老人再来，老人说，恭喜发财。

鹦鹉就说，你好。

老人说，恭喜发财。

鹦鹉就说，你好。

老人说，你说它是咋呢？我说啥它就和我别扭。

女老板说，是怪啊，大爷，别人逗它，它要么学一声，要么连叫也不叫，它就是跟您老逗乐子。

老人说，它就会两句话么？

女老板说，是的，买的时候就这样。我们一天忙，没工夫教它。再说这鸟大了，也不好教了。

老人说，我来教它。

老人对那鸟说，谢谢。

鹦鹉咕噜一下，发不出声音。

老人说，谢谢。

鹦鹉又说，恭喜发财。

老人生气地说，你真笨，连这都不会。

鹦鹉突然说，你真笨。声音又大又清晰。

所有的人都感到惊讶。女老板说，这咋一句就会了呢？它从来没说过这话。男老板也哈哈大笑，说好的学不会，骂人的话咋一学就会？呵呵，呵呵。

老人起身说，这鸟还是不中逗啊，逗皮了就和人一样。

自此，老人再也没来。

上下级

老温的孩子和领导的孩子是同班同学，都在本市最好的中学。也没有什么特定的原因，就是赶上了，谁也不是刻意的。

老温对这种事情开始还没啥感觉，孩子回来说，你们总编的孩子在我们班，叫周聪明。现在的孩子就是怪，说话阴阳怪气的，好像老温是个陌生人。老温说，你怎么知道？小温就说，怎么知道，来了就显啊，说谁发稿子就找他爸。老温想，这就有点过了，周聪明他爸是总编不假，不过他是管后勤的总编，也不懂稿子啊。老温就跟老婆嘟囔，哪能这样教育孩子呢？妻子说，人家说他爸是总编也没毛病啊，你受什么刺激啊？老温愣了愣，是啊，我受什么刺激啊？

第二天上班，老温去资料室查资料，资料员小雯说，听说你儿子和周总编孩子一个班？

老温说，是啊，你怎么知道？

小雯说，我和周总编住一个楼。周聪明放学就嚷嚷，说和你家乐乐一个班，说乐乐在班上净吹牛，只要是建委口的，他爸啥事都好使。

老温说，真的吗？这小子，真敢吹，我自己都不敢说，我能办啥事，净瞎说嘛。

老温想起，不久前小雯曾经为丈夫的事情找过他。小雯的丈夫在建筑设计院工作，想要弄个中层，让老温跟领导沟通沟通。谁都知道他跑建委口，可是老温却说不熟悉。这让老温多少有些脸红。

他顺便说，你是知道的，我办不了事。

照理说，老温倒是有资格的，他当记者二十多年了，一直跑建委口，就是城建系统。原来跑新闻不像现在，都是分口，城建口包括建委所属单位的各个建筑公司，开发公司，城建管理部门，房产部门，甚至包括公用事业部门，环保部门，总之是很大一面子。那时候房子是最紧张的，老温没少帮同事跑房子动迁和扩大面积。可是做是做，儿子不该出去说啊，一说麻烦就多了。老温的房子是人家给的，老温一直担心有人问，你房子是哪来的？能说清楚么？那些年的房子还不是商品，都是给的。

老温回家就教育小温，说，你在学校胡咧咧啥了？小温正在写作业，一只手转着笔，那手好像有个轴，笔在轴心上转来转去。小温头也不抬地说，我说什么了？老温说，你是不是在学校吹牛，说我在城建口好使？小温停住笔，抬起头说，咋的，那你不好使么？你不好使总给人办这办那的。上咱家的那些人你都是糊弄他们吗？那他们咋还拿着东西来感谢你？小温说的当然都是事实，这就让老温有口难辩，怎么向孩子解释呢？老温就说，那你也不能出去说去啊？小温说，那周聪明跟我说你爸啥也不是，我当然要说一说了，你爸是总编就厉害啊？

老温说，小祖宗，我求求你了，以后到班上可别乱说，人家爸爸毕竟领导你爸爸，搞不好要出事情的。

小温说，我不管，他再说我还是要和他争。小温说着把头别过去，根本就对他不理睬。

老温无可奈何，就跟妻子说，你得管管他，这小崽子太可怕了。要是瞎说起来，有些事情传到周总编耳朵里，那不要我的好瞧么？妻子说，早干啥了，做啥事也不避讳孩子，还嫌孩子说？

老温说，就别说那些了，你一定得劝劝他，让他别乱说。妻子很勉强地点了点头，老温知道妻子对儿子还是很有说服能力的。

年底，老温单位分豆油，老温就拿家来了。妻子说，过年了，给老师拿点啥不？老温说，金老师是我大学同学，给他他能要么？小温在旁边说，怎么不能要，我看早晨周聪明给老师拿来两张油票，金老师可高兴了。老温问，你怎么知道是油票？小温说，他自己说的啊。他告诉老师上哪去领豆油的时候，我们都听见了。因为他表面上是和老师咬耳朵，实际上大家都能听见。老师看他一下有些不高兴，他才不说了。老温一想，自己有些被动了。虽然人家周总编用的是公家的豆油，但金老师不知道你是不是公家的，反正人家知道你们单位分豆油了，人家总编都上货了你怎么就装老猫肉？同学咋的，同学也需要沟通感情。但让老温为难的是，人家已经给豆油了，你老温不能还是给豆油吧，被动就被动到底，被动就要挨打。嗨嗨，老温就急着给金老师打电话，说，老金，过年了，还缺啥不？这口气有些大，缺啥？缺钱。你能给得起是咋的？老金就在电话里很矜持，说，不缺啥，咱俩同学还扯这个。打了一会哈哈就把电话给撂了，老温明显感觉出金老师对他的冷淡。以往不是这样的。以往金老师常常会主动来电话，告诉老温注意孩子这个注意孩子那个的，这回提都不提，显见是哪里出了毛病。老温这个气啊，想同学的时候，你一个农村来的，周日还不是都上我们家去（老温念大学的时候家住本市），大馒头一顿能吃仨，还要揣上两个到学校去吃，把我们家细粮差不多都吃光了。前几年，赶上动迁，你老金不是两口子提着东西来求我，我连你一顿饭都没吃，给你跑。你这没良心的东西。他把金老师的变化和妻子学，妻子说，老金是让你们总编这类人给惯的，咱们也攀比不起，只要儿子学习能上去，我看恭不恭敬他也无所谓。老温想想也是，孩子学习上去比啥都强，就决心在小温身上下工夫。打铁还要自身硬，老温想起新闻中常用的套话。晚上什么酒局也不去，下班就在家看着小温。老温过去在中学里也当过两年老师，对语文什么的还是有点辅导能力的，儿子又是学文科的，所以就一直跟得很紧，考试时总是排在前面。这让老温稍稍放心。老温去开家长会，金老师就还有一些金同学的味道，主动过来和他握手，主动汇报小温的情况，还在总结中表扬了小温。当然，周总编的儿子周聪明的出现的频率更高，除了学习，能表扬的地方都表扬了，什么优秀团干部，什么爱护集体啦，什么关心班级啦，不一而足。好在周总编从来不去开会，只是周总编的妻子偶尔去一去，老温假作不认识（也确实不认识），也就过去了。

冬天的时候，周总编找到老温，说，老温，我听说你和朱雀山滑雪场很熟悉？

老温知道那个新建的滑雪场是建委度假村办的，就说，还可以。

周总编说，你给联系一下那个滑雪场，我儿子和你儿子他们班想滑雪，我不熟悉。这样，你联系门票，我给预备点吃的，让他们玩得高兴。

老温还能说不行吗，铁定是个行啊。

回到家里，小温说，爸，我们周六要去朱雀山滑雪，周聪明他爸给联系的。老温说，那是我联系的。小温一愣说，不对吧，人家可是说周聪明他爸联系的。老温有些恼火，说他联系就他联系的。小温说，那可不行，如果要真不是他爸联系的，我要揭穿他。他在班里假模假式的，净糊弄人。

老温说，算了算了，你可别掺和了，越掺和越乱。

老温就打电话联系滑雪场，很顺利，都是老熟人。小温在旁边听得清楚，也不作声。

到了班上，小温就毫不客气地把这件事情捅出去了，光为着解恨，不知道后果。周聪明吃了亏能不和爸爸说么？结果是周总编把电话打过来了，说，老温啊，滑雪场的事情是我不对了，你不要联系了。老温从周总编冷冷的声音里听出了毛病，连忙说，周总，别介啊，我都联系妥了啊。周总编坚决地说，妥了也不行，推了吧。

后来滑雪还是去了，周总编不知道是找谁联系的，总之是不用他了。

再上班，老温就觉得周总编和他有点僵。表面上也没什么，就是不怎么说话，本来工作上就没有什么联系，说话就更显得例行公事了。

到了年底考核的时候，一把总编找老温谈话。他敲着桌子问老温，老温，你怎么搞的，群众不说了，领导这里你还没有满票，咋说得过去呢？

老温咧咧嘴，表情像咬了一个酸黄瓜。总编说，要摆正自己和领导的关系，否则，我也不好替你说话。老温诺诺连声。

老温回家第一次把孩子打了，打得孩子愣眉愣眼，哭着都不是声。妻子很生气，问他凭什么打孩子？老温说，我再不打他，我的工作就没了。妻子说，凭什么啊？老温说，就凭我儿子和他儿子一个班。

实在不行，我们下学期转学。老温气哼哼地说。

有什么办法呢？谁让你和总编是上下级关系了。

项　链

　　一走进超市，他就感觉像掉进了商品的海洋里。妻子推着购物车在前面走着，他紧紧跟着，生怕自己会走丢了。

　　超市的神奇就在于当你置身这个海洋里的时候，你感觉你可以随随便便地拿你需要的东西，这个错觉会一直伴随你到收款处。妻子其实是一个谨慎的购物者，他们走了二十分钟，购物车里才只有一袋红梅牌味精。在他看来，这一点都不滑稽，因为他太了解她了。

　　三十分钟的时候，车里多了一副洗东西用的黄色的胶皮手套，一叠衣服架（铁的，很细的那种，他查了一下，一共是10个），一袋卫生纸。选卫生纸的时候，颇费了一番周折，她从10元的看到16元的，至少从架子上拿出十捆以上的卫生纸，比较着它们的重量、卷数、里面是不是空心的。最后，她选择了一袋12个、标价13元的卫生纸。放在车上的时候，她自言自语地说，一个平均一元多钱。他不知道是不是说给他听，他不知道说的是每卷少一元，还是一袋少一元。他瞥了一下那卫生纸，上面写着"欣雅"，一个很奇怪、毫无道理的名字。他想，只要我们仔细深入地想一想，许多东西的名字就都是毫无道理的。他本来想更深入地思考一下，她拽了他一下说，走哇。你愣啥呢？

他回过神来，跟着她往不知道什么方向走。他看见迎面两个女孩子的T恤很有意思，一个印着猩红的嘴唇，上面满是外国字；另一个印着一个骷髅，很醒目很吓人。两个人搂着走路，嘻嘻哈哈的，不怎么看货架子，好像她们来这里不是为了购物，而是在逛街。他这样想着，迟滞地推着购物车，不断地躲避着走过来的人和车。他发现她站住了，站在一排豆油桶的旁边，她说，这两天豆油特价，我们买一桶油吧？他知道她这其实依然不是商量的口吻，她是决定了的，因为这样的问题他们用不着商量，他也从来不过问这样的事情。很快，车上又多了一桶豆油，变得稍许沉重起来。

后来，他发现妻子开始果断地从货架上往下拿东西。他猛地想起，妻子今天这样果断，是因为今天可以用购货券购物。购货券是一个朋友给的，看上去也像钱似的，一张一百，一共三张，也就是300元。他记不得朋友为什么要送给他购货券，朋友不是傻子，朋友送他购货券当然是有道理的。他依稀记得好像很久以前他帮朋友办过一件什么事情，是什么事情呢？他一点也想不起来。可能是年龄的原因，他觉得自己的大脑经常处于浑糨糨的状态，仿佛装着一脑袋糨糊，一想事情就有些糊涂。近的事情记不住，倒是很遥远的事情格外清晰。

他回过神来注意到，车上又多了许多以前只是看到而不敢买的东西：一瓶他喜欢吃的橄榄菜，一个他们一直缺的卫生间用的能够移动的塑料筐，还有一堆拖鞋（他们家的拖鞋都旧了，是该换一换了）。总之是一些平常不可能买的东西。

他看见她终于向收款处走去，遂松了一口气，紧随其后。收款处前排满了人，所有的通道都站着推车子的人，他们带着无奈的耐心排在那些人、车子、商品的后面。妻子这才有空望望他，理着掉下来的头发，很高兴的样子。他发现妻子的脸上是红扑扑，汗津津的。结算的时候，花了308，一个很吉利的数字。

走出闸口，一个很漂亮的小女孩迎面走过来问，不去试试运气吗？

妻子一愣，问，试什么运气？

我们那边免费发您一个幸运珠，还允许抽大奖。

看妻子不信任的样子，小女孩立刻说，不是谁都能抽的，只有在超市里买足够价钱的商品，才允许抽奖的。

妻子一听，立刻兴致盎然，说，是吗？要买多少钱的商品才可以呢？

小女孩把妻子的小票拿过来看看说，二百以上就可以了。

妻子再次看了看他，这一次是征求意见的意思，他已经习惯了妻子的不征求意见，依然表现出不置可否的态度。于是，他们随着小女孩来到一楼外环的一个工艺品店。牌子上果然写着很醒目的"抽奖"二字，给他们发幸运珠的还是个女孩。所谓的幸运珠，其实就是一个小小的玉件，他们不懂玉，只觉得太小了。他们就问，如何抽奖呢？

女孩给了他们一堆卡片让他们抽，妻子从中抽出一张交给他，他用柜台上事先预备的剪子刮，刮了一半他就准备放弃，卡片上好像只有一个红点。那女孩子望了望，惊叫一声，啊，不得了啊，你中了一等奖啊。

他和妻子都很惊讶，居然中了一等奖？太意外了吧？

是苹果哦，小女孩找出图标给他们看，说，你看看，两千张里一共才有十个一等奖啊。

你们太幸运了。小女孩夸张地说。

妻子兴奋地问，有啥奖品吗？

小女孩说，我们是厂家直销。奖励就是这里的商品你随便挑，你只需付标价百分之十的钱。

妻子没听明白，说，你再说一遍。

小女孩说，就是说，我们这里的所有的商品你可以随便挑，百分之十付款，也就是说，一千块钱的商品你只需付一百元就可以了。

真有这样的好事儿？妻子和他都有些疑惑，本来他还有些怀疑，怎么就这么幸运？是不是所有的卡片上都是红苹果啊？他想等一等，看一看。他围着柜台看那些首饰和珠宝，虽是不懂，也大致能看出成色来，但他实在是不知道这些东西的价格，以前他从未接触过。那些玉制品在灯光的映照下，在衬布的衬托下，都闪着生动的光，闪着诱惑的光。他看中了一个白色的翡翠蝴蝶项链，标价是1958元。他想，这东西挂在妻子的脖子上一定好看，他还从未给妻子买过珠宝。

这会儿，刚才领他们来的那个小女孩又领来两个女孩，就是他刚才在楼上碰见的那两个穿奇装异服的女孩子，一样嘻嘻哈哈、蹦蹦跳跳地走过来。她们也要了幸运珠，也刮了卡片，上面是"谢谢光临"。两个小女孩慨叹一声，又勾肩搭背地走了。他发现柜台上果然堆满了"谢谢光临""下次再来"字样的卡片，他终于相信了。

也许今天是真的幸运，他想。他选了那个蝴蝶，至少他自己认为那个项链值一千元，他从来没有给她买过一千元以上的东西。而且，只需付不到二百元。

妻子也有些激动，妻子拿着那个装着项链的精致的盒子说，我不戴，我要给我的儿媳妇戴。

那两个女孩很感动，说，瞅瞅人家这当婆婆的，谁给你当儿媳妇肯定享福了。

妻子的脸顿时生动起来，说，那是。

走出超市，妻子说，你说这是真的吗？他们不会骗我们吧？

他也有些怀疑，他犹豫地说，不会吧。

妻子说，她们是不是故意让我们抽的啊？我看你都放弃了，她为什么还要帮你刮啊？我们也不知道一等奖的图案是什么，她自己不说不就得了吗？

是啊，他也这样想。他忽然想起，她们发现他刮出一等奖的时候，好像兴高采烈的。那两个当他们面刮奖的女孩子，也许是托呢。

他想，一切可能都是假的，一切可能都是圈套，一切可能都是骗局。可以肯定，她们不是和超市一起的。他猛然醒悟，她们的那些卡片好像放在不同的盒子里，所有的价签可能也都是假的，估计这种东西进价也不到一百元。有一刻他甚至想冲回去，揭穿她们。后来他想一想，算了，假的就假的吧，如果不是因为便宜，妻子是断不会让他买什么项链的。

他说，估计还是真的。你想啊，柜台上那么多的卡片，不都是被别人抽过的吗？

他想给妻子一个好心情。妻子点了点头，妻子是信任他的。

同学会

这是一个星期六的早晨,他望着窗外渐渐大亮的天光,再也睡不着了。妻子早早起来参加同学会去了,明确说今晚不回来了,要在那里住一宿。

如果妻子真的不回来,他不知道这个夜晚怎样度过。想来想去,他还是很憋闷,给一个平常无话不说的中学同学打电话,想和他说说话。不是说这件事,而是说说别的。

电话打过去了,对方说,你咋的了,这么早就折腾?

他看了看表,可不是嘛,才六点多钟,是早了点。

他说,反正你也醒了,今天你有空吗,我们中午聚聚啊?

他不知道他一开口怎么变成了这句话,他自己一点准备都没有。

对方说,今天?不行啊,我今天有婚礼,两份呢。

放下电话,他强忍着过了八点,又打给另一个中学同学,另一个同学懒洋洋的声音,当时就让他心灰意冷。那声音说,我昨晚喝多了,喝不动了。

他最后找到了一个小学同学。小学同学已经退休,正好闲着没事。

他对小学同学说,我们喝点小酒啊?

小学同学兴奋得要命，立刻建议道，那就多找几个同学吧？

他反倒觉得索然无味，毫不热情地说，随便。

小学同学进一步问了一句愚蠢的话，谁买单啊？

他甚至有些生气地对着电话筒里喊，当然是我买单。

小学同学好像愣了一下，说，你咋还那个脾气？不高兴你请什么客？

他连忙解释说，我不是对你，我是和我媳妇有些生气。

对方这才理解地说，怪不得的，我一大早也和我那位生气呢，这不，刚才她出门打麻将去了。

于是，定了时间地点。

放下电话，他就有些后悔，我为什么要请他们呢？我这不也是搞成同学会了吗？

深夜，他醉醺醺地回到家里，倒头便睡。整个白天他是这样度过的：从中午开始，他和至少五名男同学回忆起小学的那些美好时光，回忆起有着绿色门窗的一排排砖瓦房，回忆起梳着及膝长辫的大个子班主任李老师，以及教室后面成片的蓖麻地和天空中飞舞的蜻蜓……他们说起讨厌的体育老师田老师怎么踢着男生的屁股，让他们去粪坑里拣沾上粪便的足球；说起那次为了接待西哈努克亲王时，哪个举着鲜花的女生尿了裤子；他们还兴致勃勃地谈起了小学宣传队（他们都是那个宣传队里的），以及宣传队里哪个女生最好看。最后大家一致评价，演阿庆嫂的张丽娜最好看。

最初他打电话的那个小学同学大声喊道，我有她的电话，我把她给叫来。

他真的希望把她叫来，因为那时候学校里几乎所有的男生都认为张丽娜是最漂亮的，他们甚至对她有些崇拜。在他们的眼里，她就像现在的明星。

张丽娜来了。她一出现，就让大家大失所望。谁也不会想到，时光会这样残酷，把当初那个漂亮的小女孩，变成臃肿不堪的中年女人。好在她的眼睛还炯炯有神，声音也还透着年轻的韵味。

张丽娜居然一眼就认出了他，她惊讶地喊道，罗志强。

他们握手，寒暄。她演阿庆嫂的时候，他是红小兵大队长，他们当然熟悉，只是那时候他们没有说过话。

又是喝酒，又是唠起往事，往事真的不堪回首啊。他们甚至唠起谁谁谁的死亡。他们细数了一下，许多同学已经正常或非正常死亡，都有些唏嘘、慨叹，最后竟有点不欢而散的味道。

分手的时候，张丽娜冲他要了电话号。他没有要张丽娜的电话号，他知道他再也不会给她打电话了。

回到家里，他一想起张丽娜那臃肿的样子，就不可思议地想，她怎么会变成这样呢？

第二天中午，妻子回来了。她好像很不高兴，她先去冲澡，然后就开始洗衣服，洗衣机发出呼隆呼隆的响声。

妻子过去和同学聚会，回来都要讲一些自认为有趣的事情。让人奇怪的是，这次她出奇地平静和沉默，不但不讲，反而显得有些反常。她每次洗完衣服都是喊他来晾，这次自己蔫巴悄地就晾上了。

她只言片语地说了一些东西，说他们唱歌跳舞到半夜，说碰上了一群化纤厂的人，一起唱歌跳舞。她还说，他们都说她没有什么变化。

他听着听着皱起了眉头，他边看网上的新闻边说，听你那意思，你还越活越年轻了？

妻子说，反正和我的那些同学一比，我还是显得年轻。

他想，可不是么，张丽娜都变成老太婆了。

他有些醋意地说，人家夸你，你自己可别当真事儿。

妻子说，我知道啊，再怎么说，我也是个老太婆了。

妻子突然想起来，问道，你昨天干什么去了，我往家打电话也没人接。

他心里一惊，这是妻子惯用的手段，她只要是出门就经常往家打电话，看他在不在家。

他说，我也同学会去了，不过我没过夜。

妻子说，你没过夜也不一定就没问题，我过夜也不会有问题。

他说，你这话啥意思？

妻子说，啥意思你自己明白。

以往，他们常常就是这么吵起来的。

他有些不满，你在外面住一宿，被人夸得不知道北了吧？居然还向我兴师问罪来了？

妻子不再理他，开始从兜子里掏东西，一瓶没喝过的矿泉水，一些洗漱用品，还有那个睡袋。那个睡袋折叠成原来的样子，好像并没有打开。

这时候，他的手机响了，他接起来，是张丽娜。

罗志强，我是张丽娜啊，你今天有时间么？

他有些支吾，他没想到她这么快就给他打电话，这个女人真是。他啊啊着说不行。

妻子立刻看出了他的尴尬，说，你该去去，我可不像你，那么小心眼儿。

他放下电话说，我才不去呢，我也不像你。

妻子说，一听就是女的，是你同学吧？妖里妖气的，我最烦这样的动静，都多大岁数了，还发嗲。

他说，你想哪儿去了？

妻子说，我不想。我们同学都想要我的电话号，我就是怕你受不了，我不告诉他们。

他有些后悔，后悔昨天的酒，后悔昨天的不冷静，为什么要把张丽娜叫来呢？为什么要把电话号留给她呢？这回好，麻烦了不是。

他说，这个人你知道的，是张丽娜，演阿庆嫂的那个。

妻子立刻尖叫了起来，啊，是你过去总念叨的那个，你最喜欢的那个张丽娜，是不是？

妻子生气地坐在沙发上，说，我说你怎么那么高兴呢，我说你怎么那么激动呢。你看你刚才接电话时的样子，脸红红的，一看就是有鬼。

他想，糟了，越弄越糟，这事情搞的。他恨不得给自己两个耳光。他想，该怎么和她解释呢？这个该死的电话，这个该死的张丽娜！

老人与蝈蝈

路过早市，看见有个卖蝈蝈的老人。老人挺清爽，穿着白衬衫，吊带灰裤子，满头银发，是背头。近前看，脸上有稀疏的几根白胡子，好像没刮干净的样子。

有十几个蝈蝈笼子，在车把上支起的架子上吊着。蝈蝈们沉默着，并不叫。

老人背着手，在一旁站着，好像那些蝈蝈不是他的似的。

我要走过去，妻子一把拽住我，告诫我，不许买啊。

我穿着睡衣，兜里没带钱，要买也得通过她。我说，不买。

她说，不买你看啥，赶紧走吧。她还是拽住了我，让我和她散步去。我有些恋恋不舍。

我们走了四十多分钟，我一直惦记那蝈蝈。

回来的时候，妻子蹲在地上挑胡萝卜，我说，我去看蝈蝈。妻子说，不许买。

我说，我没钱。妻子放心了。

我走到那个卖蝈蝈的老人面前，和他攀谈起来。

我说，现在蝈蝈不好抓吧？

老人说，不好抓，我得骑一个多小时的车，得到二五零那里。

二五零？那不是炼油厂吗？我们这边的人都管那叫沟里，可见有多远。

我问，您老多大了？答曰，七十了。

我说，看来您老从小就喜欢。

继续答曰，是啊，从小就喜欢逮蝈蝈和鸟。

我说，原来跟前儿就有蝈蝈。

老人说，都是用农药用的。跟前儿没啦。

有几个人围了过来，问价，并不买，就议论，说，这东西现在不好逮。说，这东西现在比人都尖。看看笼子，又说，这笼子编的挺漂亮，光这笼子就值五六块钱了。

有个女的，过来问，这是什么？老人答曰，蝈蝈。那女人问多少钱，老人答有六块有八块的。那女人问，它都吃啥？老人说，葱叶、窝瓜花、黄瓜。那女人还问了一些，掏出钱，买了。

那女人临走的时候问，它怎么不叫。

老人说，不到时候，它越热越叫。

妻子过来，在远处叫我。我问，买一个吧？

妻子摆摆手。老人说，买一个吧。我前些天还花十元钱买个关里的蝈蝈呢。在花鸟鱼市那儿。

妻子坚定地冲我招手，那意思是没有商量余地，我只好恋恋不舍地跟着妻子走了。

妻子说，不能让你买，死了你又不舒服了。

我没吭声，低着头走。是的，每每那些家里养的活物死了，我都是要难受的。

我只想它活着可以带给我们乐趣，却没想到它总是要死的。

大王和小王

市政府后勤服务组理发室里的两个理发师都是女的，又都姓王。岁数大的叫大王，岁数小的自然叫小王。大王四十多岁，已婚，丈夫是政府食堂的厨师。小王二十多岁，未婚，是从社会上招聘来的。

大王是老同志，在政府大院里七八年了，上上下下都熟悉，说话响快，为人热情，比较会来事儿。无论书记市长，还是秘书长局长科处长，只要是大院里的人，不管谁来，都一视同仁。这样，大王就受到比较一致的好评，也正因为这样，大王就一直是后勤组的先进。先进必须是要有群众基础的，每年评先进，主管处长要征求大家意见，问起来，有的甚至都不知道小王是谁，就都选大王。

大王和小王是轮班剃头。大王的背景我们说了，她的丈夫是政府食堂的厨师，其实这也不算是背景，一个厨师有什么，怎么能算是背景呢？净瞎说。也不是瞎说，两个人在同一个单位有一个比较明显的好处，就是两个人的人缘是一种互补。谁都知道，厨师和处长的关系是杠杠的。大王还有一个专长，就是会烫头（这个专长很重要）。来烫头的自然都是女同志，虽然政府机关女同志相对少些，但只要有了女同志，就热闹，这些干部也不例外。女干部是这样，在下属面前保持矜持，在熟人面前，比谁都能闹。因此，当大王值班的时候，那屋里就热闹，排着队预约烫头。反之，碰到小王值班的时候，人就少之又少了。

我们回头来再来说小王，小王没有任何背景，父母都是工人。小王高中毕业没考上大学，父母本来指望她能够复读再考，小王是个很有主意的人，自己选了一个中专，学起了理发。毕业那年，也是巧，市政府后勤服务组理发室想增加个理发师，面向社会招聘，二十多个女孩子报名，可偏偏就选中了她（估计是没有领导干部的亲戚学理发的，呵呵），说实习一年就给办正式手续。家里乐坏了，你想啊，眼看着天上掉下大馅饼，哪有不喜出望外的。在小王父母看来，在市领导跟前儿服务，给市领导干活，那还不就相当于在北京给国家领导人干活？想来想去，都觉着没有理由不好好干。小王自己呢，也觉得机会难得，不用扬鞭自奋蹄，绝对是想好好干。也不说想出人头地啥的，人嘛，都是想有点出息。开始时，处长安排小王跟大王学习，熟悉情况，小王早早就去了。大王还没来，小王又没有钥匙，就站在外面等。理发室在后楼，挨着水房，不断地有人来打水，路过那里就都瞅她，大家都不认识小王，以为她是在等人。有好心的就问，你等大王啊？她九点钟才来呢。原来，大王有大王的规矩，大王每天九点钟来。大王一来，那些人探头探脑的，就都来预约了。大王一开门，就嘴一份手一份的，打水扫地，不一会就干完了，小王根本插不上手。小王又不是那种太会来事的孩子，就讪讪地站在旁边，还得躲着大王的扫帚。大王说，你不用来这么早，理发室要等十点以后才有人。果然，十点以后，才陆续有人进来。那些人都是急匆匆的，都是打个招呼，预约一下。他们都惊异地瞅着小王。大王就说，新来的，小王。大王接着就说那人是什么什么，李秘书长齐主任的，小王很惊讶，这些人都很和蔼，而她却显得很拘束地冲着那些人点头示意，日本人似的。毕竟在学校里受过礼仪训练。大王一般用不到她，偶尔喊她拿什么，还没等她找到东西，大王就自己拿到手了。后来，大王就不怎么用她，小王就站在一边看着大王做头，剃头，和那些人嘻嘻哈哈地唠嗑。他们开着玩笑，和社会上的玩笑也差不多。

后来，大王和小王就轮流上岗了。小王第一天值班的时候，也有几个人进来，他们都是奇怪望望她，问大王呢？小王说，大王休息，今天我值班。来人就看看，不相信似的，掉头走了。要不说这刚毕业的孩子还是没有城府，不知道怎么介绍自己，也不懂机关的规矩。见没有人来，也不去琢磨，反而经常抓起一本书看，直到看得入迷。时间一长，大院里的人就有意见了，尤其是对小王看书。大院里是些什么人啊，你小王有什么牛的啊，不知天高地厚，还捧着本书，你要是真有理想有抱负考大学去啊，干吗跑这里拿推子？眼看着小王自此就要倒霉，处长那里早已是意见听得用箩筐装了，耳朵都听出茧子来了，只是没有机会。处长正在考虑如何和小王谈一谈的时候，事情发生了变化，而且是本质的变化。

落叶飘飞的时候，这个城市的市长升迁了，到省里去当省委副书记去了，省里就从另一个城市派来一个新市长，姓吴。其实，换个市长能和大王、小王的命运有多大关系？可就偏有了联系。

这个城市原来市一级的领导多数是本市的，都有自己专门修理头发的地方，很少在院里剃头或者说根本就不在院里剃头。可是吴市长来了，又是刚来，自然不喜欢抛头露面，就问秘书，附近有剃头的吗？偏偏这秘书也不在院里剃头，对以前的情况不太了解，顺便一说院里有。吴市长很高兴，这个城市的人不知道，对新来的吴市长来说，剃头是件大事。为什么这么说呢，因为吴市长的头发很好，很浓密。领导很少有这么好头发的啊，官场上不容易啊，耗费的全是脑细胞，都一把一把地掉头发，章光101什么的都不管用，最后都搞得头发稀疏。吴市长的一头秀发，一直是他引以为豪的。说来也巧，秘书去联系了几次，本来是赶上大王的班，可是大王忙得不可开交，就没怎么寻思市长不市长的，何况她的心目中也没有新来市长的概念。等到秘书再打电话过去问时，已经是小王在值班了，小王放下书懒懒地接起电话，一听是市长要剃头，立刻清醒了许多，就表现得极为热情，这让秘书很高兴。小王那天发挥得很好，因为此前一直没得到重视和信任，憋得难受，又听说是新来的市长，就认真起来，毕竟是科班出身，就使出了浑身解数，剪子推子轮番上，唰唰唰的，又快又利索，没一刻钟，完了。市长前后照照，很满意。市长走的时候问，你姓什么？小王就爽快地说，叫我小王好了。市长一指小王，对秘书说，以后就用她了。市长就精神抖擞地下去检查工作了。

小王没想到自己的命运从此发生了变化。市长来几次后，处长就过来嘘寒问暖了，处长问，小王，最近市长对咱们的工作满意吗？小王说，挺满意的。处长说，好好干，我们的工作就靠你了。小王不知道处长为什么这样说。她觉得自己还和以前没什么两样，只是觉得别人变了。

过去小王值班的时候，经常是一天一天的没人来。现在好了，吴市长的头发好，就长得快，长得快就整理得勤，吴市长就常来。吴市长并不是真的剃头，他就是简单整理整理。他的头型是固定的，是那种背头，长了要齐一齐，整整型，很简单。吴市长很有领导风度，总是要夹着一个包走进来，然后放在前面的梳妆台上，用手把头发往后捋一捋，闭上眼睛。小王就不紧不慢地弄，小王觉得市长真是很累，虽然每次他都是精神抖擞的进来，可是一坐在椅子上，市长就显得有些疲惫，剃着剃着市长就发出了鼾声，小王就停止给市长理发。可是奇怪的是，只要小王一停止，市长就醒来了，市长就问，完了吗？小王就说，还没。就继续给市长剃头。

这时候就有人进来，本来是要走的，看见市长在，就打个招呼，市长剃头啊？市长就嗯了一声，那个人就不走了，和市长东拉西扯起来。市长这个时候反正没事，就耐心地听那个人汇报。小王很快就把市长的头弄妥了，市长一走，那个人就接着坐下来剃头。逐渐地，大家就都发现了这个好处，就都赶着小王为市长剃头的工夫来，小王值班的时候自然就热闹起来了。

小王的手艺还是那样，但夸小王手艺好的人却多了。年底选先进工作者，小王当选了。

祝　寿

　　小叶一走进宴会厅，就有些后悔。她想，要是有个伴儿陪着就好了。

　　这么大的场面，小叶还是头一次见识。看着熙熙攘攘如同市场的人流，小叶不知所措，她几乎是被人裹挟着走到签到处，写下自己的名字。还好，谭老的儿子一眼就看到她了。谭老的儿子个子很大，他对一个穿着红色旗袍的服务员低语了几句，小叶就被那个穿红色旗袍的服务员引领到一张桌子上。

　　今天是谭老的六十大寿，小叶是代表谭老办的"谭楚生工作影像学习班"的同学来的。她是这个班的班长，她当然要代表他们来，她还要代表他们上台发言。摄影班的同学一致认为，谭老的六十大寿肯定去的人很多，他们早早就凑齐了份子交给谭老了，他们从开始就没想来凑热闹。

　　小叶看了看，依然是不认识的一些人。小叶拘谨地向桌上的人点了点头。没有人注意她的礼貌，他们都望着别处指指点点说着什么，好像是谁开了一句玩笑，小叶没有听清，但小叶看见他们一致地笑了起来。他们一笑，小叶就更加强烈地感觉自己是个外人了，她明显地被排斥在他们的谈话和氛围之外。

她觉得自己其实是不该来的，在这种场合，谁会听一个汽车司机的朗诵？在这些演员和艺术家们面前，自己充其量是一个摄影爱好者，这个感觉让小叶不舒服，自信正一点点从小叶的身上消失，她甚至觉得自己好像有尿。其实，她知道这不过是紧张的结果，每次紧张的时候她都会这样。但她不敢去，她担心自己一旦走出去就走不回来，就无法找到这张桌子，她需要这张桌子把自己固定下来。糟糕的是，越是这样想就越紧张，越口干舌燥，她不断地低声咳着，清理着自己的嗓子。她真担心自己一会儿上台会说不出话来，那可就糟了。

那个尤导看来是个核心人物，他自己显然也是这么认为的。因此，就有些责无旁贷，很自然地把大家介绍了一番。轮到小叶，尤导好像刚刚看到她，有些歉意地露出和蔼的笑，他说，这位……小叶连忙起身，弓着腰说，我是谭老的学生，我跟他学摄影，我是……。她说的有些磕磕绊绊，她差点没说自己是一个司机。在整个过程中，她显得有些窘迫和慌张，她起身的时候，还差点把桌子前面的桌布带起来。她有些恨自己，其实她在车队里是不怎么怕人的，在车队甚至在公司，她也算是一个人物，领导们见了她也都是要打招呼的。在公司的联欢会上，她每次都要上台表演，照理说，她还是见过世面的。可是在这些人面前，为什么突然一下子不自信了？她有些恨自己的表现。

尤导还是很给面子，啊啊，他说，是谭老的学生啊，你贵姓？

小叶说，我姓叶，叶丽仪。

尤导立刻说，我知道了，今天有你的节目。

她发现全桌的人都瞅了她一下，好像有些意外，好像不怎么相信似的。总之在小叶的感觉，就像有聚光灯突然地闪了一下，照亮了暗中的小叶，一下子把她暴露出来。小叶的脸立刻红了，她觉得自己冒汗了，不可遏制地冒汗。别人可能看不见，但她自己清楚。

好在尤导立刻介绍别人去了。

不断的有人到来，不断地被介绍，不断地站起。小叶就需要不断地说自己姓叶，是谭老的学生。

小叶透过人群看到了今天的主角——谭老和谭师母。谭老穿着一袭红衣，胸前戴着鲜艳的花朵，脸被喜悦笼罩着。也许是灯光的原因，也许是穿了那件红衣服的原因，使他的脸看上去有些发红，喜气洋洋的。他冲着每个来人作揖，冲着每个人微笑，他的脸在过度明亮的灯光照射下（好像电视台在拍录像），显得忽明忽暗。比较起来，今天的谭师母好像更加光彩，她打扮入时，穿着一身华丽的连衣裙，梳着高高的发髻，看上去很高贵。

小叶回过神来，忽然发现谈话的重点和中心变了，大家都在关心新进来的女演员为什么改了名字。可能又是尤导的透露，女演员改名立刻成了本桌的大事情。女演员有些忸怩，她对大家的关心很感动，她眼波流盼地说，我也是没办法啊，都是我妹妹的主意。从大家的嘴里，小叶知道女演员的名字原来叫车曼丽，现在改成了车一凡，不男不女的名字。车曼丽或者车一凡说，我妹妹找人花钱起的，听着也行。你们不知道啊，前一阵子我又是车祸，又是火灾，又是被盗，包括我的婚姻之所以不幸，都和这名字有关。

大家都唏嘘，说一凡这名字起得好，起得好。都是同情和关心的样子。有的说，有些事情不可都信，也不可不信。有的又说，也许从今往后就时来运转了。

这时候，主持人已经宣布祝寿活动开始了。

真的隆重啊，被邀请的两位主持人都是电视台的，小叶在电视屏幕上倒是经常看见他们，现实中还是头一回看到。

主持人开始介绍谭老的成就，介绍领导和来宾。

台上那边不断传出很强的音乐，不断地推出重要人物出场。先是市领导讲话，他高度地评价了谭老对这个城市无可比拟的贡献。

小叶心想，外人肯定不懂，谭老对于这些当官的当然很重要。因为每次中央领导来访，拍摄和报道领导人的任务都是谭老来完成，其他记者不让拍照。因此，这个城市所有的主要领导都要悄悄告诉他，设法拍一张自己和中央领导的合影，还要不漏痕迹。谭老每次都圆满完成任务，让那些照片成为日后这些领导挂在墙上炫耀自己的资本。他们当然要由衷地夸谭老了。

接着，是谭老供职的那个局的局领导讲话，再接着是文联主席、摄影家协会主席讲话，再接着……总之是各级领导讲话。他们的开头都是千篇一律的，"各位领导、各位来宾、女士们、先生们"，或者"尊敬的各位领导、各位来宾，尊敬的谭楚生先生"，接下去的话也大同小异，在小叶听来都是假话套话，她在类似的场合差不多都能听到过相同的话。

小叶想，我的发言肯定是和他们不一样的，我要把我们这些学员对老师真挚的感情表达出来。为了写好这篇稿子，她请她的男朋友——一位诗人写了一首诗，写好后，她反复背诵。现在，那些诗句就在她的大脑里飞翔：

我们披着五月的阳光而来
不仅仅是为了共同说起
一个响亮而熟悉的名字

我们穿过五月的花海而来
不仅仅是为了带来所有朋友的
爱戴、祝福和敬意
…………

　　这些诗句，她其实已经背得滚瓜烂熟了，但她还是怕到台上忘记，她还像模像样地准备了一个红色的夹子（她看到许多朗诵的人都是要拿着个夹子），在单位里她是用不着的。在单位里她会自如地站在话筒前，主持节目或者表演节目。而在这里，她忽然变得不自信起来。此刻，那首诗就夹在那个红色塑料夹子里，那些句子静静地排列整齐，像等待冲锋的战士，严肃而沉默。它们在小叶的大脑里，却是活蹦乱跳的，等待着那一刻喷薄而出。

　　冗长的发言一个接着一个，小叶知道自己的发言在后头。她并不着急，她只是有些紧张。她不断地喝水，有时候低头看看自己的装束，总觉得哪儿不妥。

　　这时候，她听见师母在发言，她没想到师母的发言这样声情并茂，师母是在朗读一封信。她从他们认识开始说起，诉说着四十年来的情感：他们怎么偶然相遇，怎样第一次约会，又怎样失之交臂，最后又怎样有情人终成眷属。师母的发言通过话筒远远地送过来，不断被自己的哭泣所打断，她几乎说不下去了。

　　鸭舌帽不断来请示尤导，估计时间太长了。鸭舌帽再来请示的时候，说了一个名字，小叶觉得是在说她，因为尤导似乎不易察觉地看了小叶一眼。他们对视了一下，尤导说"算了"，尤导挥了挥手，鸭舌帽走了。

　　接着，台上主持人宣布，演出和发言结束，开始合影留念。这标志着宴会可能马上就要开始了。

　　小叶知道自己的发言可能被取消了，她心情忽然很坏，真的很坏。她这才觉得自己必须要上厕所，刚才喝的那些水现在发挥了作用，在体内汹涌。她悄悄地走掉，尽量不引起别人注意，其实也没什么人在注意她。

　　在走廊里，她把那首她背诵过许多遍的诗歌用手机发给了谭老，她想，反正我们祝福过了，反正我们表达心意了。

　　但她的内心里，还是充满了委屈。

窗外的李子树

从老古家窗户望出去,一眼就能看到那棵李子树。

那棵树是小区开发时和所有的树一起栽的,唯一区别是那些树是景观树,而它是果树。可能是一个意外,因为这里仅仅栽了这么一棵果树。

这棵树栽的有些不是地方,它离老古家太近了。老古不懂果树,但他认为这是一棵很好的李子树,无论树形还是果实,都是看了让人产生好感的树。由于树就在老古家的窗前(老古住的是一楼,容易产生这样的感觉),他不知不觉地就有了一种责任感,他觉得自己应该看护那些果实,虽然老古绝没有要霸占那棵树的意思。

夏天的时候,果树生病了,叶子蔫了,老古的心就有些焦。他给小区物业打了好几次电话,一直指望着小区物业的人来喷药,可是老古忘了,这里只有这一棵果树,别的都不是果树,为一棵果树喷药成本太大,小区内有许多的事情要干呢,所以老古的催促始终没有奏效。老古想,不能指望他们了。老古自己就上网查看怎么办,对比着一看,李子树得的是细菌性穿孔病和红蜘蛛,杀灭方法也很简单,80% 的大生 M-45,70% 甲基托布津粉,50% 多菌灵以及杀虫杀螨剂交替使用。他到花鸟商店把药和喷壶买了，回来就把自己从头到脚蒙上，按照比例（自己感觉的比例）兑好了药就开始喷起来。那天恰恰有风，他怎么喷风好像就跟着怎么刮，不是刮在身上就是刮在脸上，故意为难他。高处够不到，他搬了个凳子喷，总算把树上上下下喷了个遍。

晚上，老伴有些不高兴，老伴说，你身上这味儿。

啥味儿，我怎么闻不到。老古不讲道理地说。

老伴说，你是闻不到，能呛死个人。

老伴说，那是公家的树，你可别当成自己的。

老古说，我没当成自己的，我知道是公家的，可公家没人管啊，我要是再不管，那棵树就要死了。

一棵树，死就死呗。老伴说。

也许是那棵树太惹人注意了，许多人路过都要站在那里看一看，看得老古在屋里一阵阵发慌。看就看了，有的还要议论果实的大小，并对树的权属问题提出了疑问，说怎么就这一棵李子树呢，是不是个人栽的啊？有人就反驳，谁没事栽它啊，肯定是小区栽的。有人又说，小区怎么就栽一棵呢？讨论就没有了结果。

老古听着这些议论，心里就更不舒服了，他自己也不知道为什么不舒服。老古也曾试图说服自己，树是公家的，人家爱说什么就说什么呗，和你有什么关系呢？但是不，只要看见有人过来，他还是忍不住要觉得不舒服，直到掀开窗帘看着那些人走了，老古才松了一口气。但老古还是不放心，老古要亲自走到树下，亲自看一看那些果实他才安稳。

看久了，那些果实都在他心里了，哪个枝丫结了几个李子，他心里了如指掌。他早就查过了，这棵树一共结了38个李子。照理说，三年多的果树结了38个果实不少了，有的枝头都压弯了。老古就有些心疼，但心疼也没办法。今年就这样子了，他想，等到果子下树了，他要为它们剪枝，为它们追肥。但谁来下树呢，这么多的李子，他老古当然不能贪天之功，尽管他曾经为它们喷过药，但老古还不至于糊涂到把这棵果树当成自己家果树的地步。要让小区物业的人来弄，他想，那时候就证明他老古是无私的，是甘为小区做贡献的。这样想着，老古就觉得自己很高尚，很理直气壮了。

他在网上查了，剪枝和追肥的办法网上都有，都很简单，就是需要劳动。老古不怕劳动，老古退休后就是愿意劳动。开始时，老古也想象别人一样打打牌，扯扯闲篇，可是老古很快发现自己不行，自己不是任何人的对手。麻将只要输过五十，老古的心里就开始突突，象开摩托似的，鼻子尖和手心就开始冒汗，特别是手心冒汗让他不舒服，抓牌都慢，越是心急越是出错牌。老古很佩服葛科长，葛科长抓牌出牌都很从容，从来不急不躁的，输了就掏钱，赢了就笑一笑。老古在单位就佩服葛科长，葛科长在哪个领导那里都吃香，哪个领导都喜欢他。其实，老古心里知道，葛科长什么本事都没有，但什么好处都没拉下。这不，退休了他也还不得不佩服葛科长，老古这样一想就觉得自己很窝囊，就觉得不公平，就觉得自己成了这个局子的陪衬。特别令他不满意的是，葛科长他们赢了，就闹闹哄哄地喝酒去了，老古不喜欢喝酒，一般就不去，常了他们也就不喊他了。可看着他们远去的背影老古又有些后悔，老古心疼地想，他们是用我的钱喝酒去了。老古更加痛苦地想，他们肯定还得在酒桌上拿我老古开涮。这样一想，他就窝囊得了不得，恨不得给自己一个耳刮子。

有了这棵树，老古的退休生活就更加丰富了，他要为这棵树的生长负责，尽管没有人委托，没有人监督，他是自愿的。什么也买不来自愿啊，他想。那些奥运志愿者，据说是不给报酬的，可是你瞧人家那个认真劲儿，老古最佩服的就是这样的人，做了好事不留名，比如雷锋。当然现在雷锋不怎么提了，可雷锋精神还是能够净化社会风气啊。他老古也是，自愿为这棵树喷药，自愿的，完全自愿。

树解人意啊，喷药不久，树就又绿了起来，那些红蜘蛛也不见了，果子们一个个长的红扑扑的，比着长呢。

老古心里就乐开了花。

某一天早晨，老古照例站在果树下查那些李子，怎么查怎么不对了，少了两个。他又查了一遍，还是少了两个。

老古想，这指定不能是人摘的，人摘不会摘两个吧。被风吹掉地下了？老古围着树转了一圈又一圈，没有发现。其实树不大，不用转圈老古也能看清，可老古就是有些不相信自己的眼睛。他最后连树下那几片叶子都翻过了，把附近能看的地方都看了，也没发现那丢掉的两个李子。

这就怪了，老古想。老古百思不得其解。

老古回来就和老伴念叨，老古说，怪事，少两个李子呢。

老伴说，少就少呗，我不是和你说过么，别当是自己的。

是啊，我没当自己的。老古说。

可是李子少了，少了总得有人管吧。老古接着说。

老伴不吭声，老伴正在腌黄瓜。老伴太了解老古了，老伴当初给他打预防针的时候就想到了这天。老古最怕老伴不说话，他愿意和老伴吵架，老伴越是和他吵架老伴越是要向他投降了。可是老伴一不说话，他就拿不准了，他就觉得老伴实际上是有好多话要说了。

老古说，你怎么不说话了？

老伴说,我说什么?我只能告诉你,从现在开始,你对那棵李子树远点,就当它没存在。

老古有些愣住了,他不明白老伴是什么意思。

老伴说,你总在那转来转去,人家还认为你想吃呢。

老古来气了,我?怎么会?他们真的这么想么?

怎么不会?老伴说,你看谁一天总在那里转?别人现在都不敢去看了。

老古想了想,是好久没人在这棵树下看和议论了。

老古就说,我是一直关心这树啊。他们谁关心了?

你看,你看,又来了。老伴说,我问你,当初你关心这棵树是为了什啥?

老古说,不为什啥啊,义务啊。

老伴说,这不结了,说一千道一万,你就是个义务,你还指望把那些李子一直看着吗?你看着它们干什么?我问问么你,你看着它们干什么?

老古突然语塞,是啊,我看着它们干什么呢?我为什么要看着它们呢?它们是属于我的么?

老古一下子醒悟过来了,他对老伴说,亏得你点醒我,要不我每天都顺脚了,走走就走到那棵树底下去了,明天我不去了。

老伴说,那你干什么去?

我找葛科长他们去,我就不信赢不了他们。老古自信地说。

老伴说,你呀,别犟,你赢不过人家,都这把年龄了,你不要考虑输赢,就是个玩。人家葛科长心态就好,你应该向人家学习。说实在的,比较一下,你比谁不风光,两个儿子都工作了,都不用你管,葛科长的姑娘还念书呢,他还要供两年呢,王大头的儿子小小年纪得了脑血栓,他闹心不?但人家都能玩,你为什么整天忧心忡忡的呢?

老古想,是啊,还是老伴想得开通。我为什么从来没有从这个角度看问题呢?一棵李子树障目,使我只看到它了,能不能看得更远一些呢?

从那天起,树下很少能看到老古的身影了。

短　信

她对我说，我手机没电了，你帮我发一条短信。

我没多想，说，给谁啊，什么内容？她说，给他，你就写"我完事了"。

她说，我让他来车接我，咱们一起走。

来的时候，我们看见一个男的开车送她，她没给我们介绍，但我们都认为那是她的老公。

我说要缀上你的名字吗？要不他怎么知道？

她说，不用。他能知道。

真是荒唐，用别人的手机发信息，却不留名字，对方怎么会知道呢？我有些纳闷。尽管如此，我还是按照她说的，把信息发给了她提供的那个手机号。

等了半天，没见回音。我说，我走了，我还有事，不等了。你还要等吗？

她说，我等一等。

我走了一段路，上了45路车。从车窗里，我看见她在接手机。我纳闷，她不是说她的手机没电了么？

我和她有二十多年没见面了，如果不是这次同学会，就是在大街上见面都不一定认得出来。我对她的现状一点都不了解。可是，那时候我们是很好的朋友，一起唱歌，一起跳舞，我们曾在一个宣传队里。哦，那时候……

第二天上午，我接到一个电话，是一个陌生的男人。

陌生的男人很不客气地问，你是谁？

我说出了我的名字。

那人问，你是机主吗？

我说，是啊，怎么了？

那男人生气地说，你怎么乱给别人发信息呢？

我已经忘记了昨天的事情，我说，谁给你发信息了？

男人说，那我这里怎么显示你的号码，还说没有？

我忽然想起来了，我有些不好意思，立刻客客气气地向他解释了一番。不料，我的解释丝毫没有减少他的愤怒，他依然怒气冲冲地警告我说，以后你别乱发信息。

我当时就火了，我说你是谁呀，你有啥权力警告我？我本来好心好意的帮你们，还说我的不是。

那人不再说话，把电话撂了。

我心里这个生气，这人咋这样，我帮你爱人还帮出毛病来了。转而又一想，不对啊，我那同学她回家能不解释吗？这个人是不是她的老公啊？这一团迷雾促使我想给那个同学打电话，好好地问她一下。可是，新的同学录还没弄出来，我没有这个同学的手机号。我这人懒，不怎么喜欢记同学的手机号，因为我一直认为我的这些同学都神通广大，不管你在天涯海角，只要是孩子结婚、死了老人，他们指定都能找得到你。

不料，下午的时候，这个同学给我来电话了。我刚要说那件事，她却先说了。她叫着我的名字说，你别生气，千万别生气。她讲述了她和他的故事。这故事很长，开头那些我就不说了，只说现在，现在他们依然悄悄地在一起，他给她买了房子，他每月要从有限的工资里给她五百块钱。在我听来，是一个很曲折、很值得同情的爱情故事。我有些理解和同情她了。

她说，这条短信让他的妻子看到了，他们发生了战争。

她用战争来形容，肯定是一场家庭大战。我能想象得出那个人的妻子看到这条短信之后的恼怒，追问。然后是解释，徒劳无益的解释。再然后就把不满发泄到我这里，我成了无辜的受害者。

我还是有些生气，显见她当初就是别有用心地利用了我，拿我当了一个十足的傻瓜。我现在才想明白，她当时手机并不是没电，她就是想利用我避免他妻子的侦查。她担心的结果还是发生了，并且殃及了我。

她说，没办法，我俩都十五六年了，他最爱的是我，我就是为了他才和丈夫离婚的，但我现在又不忍心拆散他的家庭。我心情其实也是很矛盾的。

她有些忧伤。我用了很长时间安慰她，在我看来这个没头没尾的爱情故事，她夹在中间，太值得同情了。

不久，我碰到另一个女同学，我很自然地说起这件事情。

她跳了起来，瞪着眼睛说，什么？她说什么？她根本就没结过婚，她那是骗你的。她一直就是这样，搞第三者插足，今天跟这个，明天跟那个，她专门破坏别人的家庭。

嗨嗨，她拍着我的肩膀说，看来你对她一点不了解啊。

我一下子愣在了那里。

做客鹿鸣沟

车进鹿鸣沟不远,就见二叔背着手在房前迎接。下午三点多钟,还不是很暗,遍地雪光。二叔的身后是他家的苞米楼子,里面堆满了金灿灿的苞米,旁边散乱地堆着些苞米秆子,落满了雪。再远处,是山坡,有铺雪的小路通到山上,山上长满了柞木,挂着些灰暗的枯叶。间或有几棵松树,透露出点暗绿。但在大片柞木的包围下,也是灰秃秃黯淡的样子,不见起色。

阿波边开车边说,二叔又喝了。我说你怎么能看出来。阿波说,二叔要是不喝,就笑嘻嘻地袖着手。你看他今天背着手,还不是喝了。我惊异于阿波的观察能力,我说你倒是适合写小说。阿波笑着说,我只是对二叔太了解了,别人我观察不明白,还是你写吧。

阿波把车停下,二叔走过来。阿波说,郝哥来了。二叔快速地伸过手来,说郝主任来啦?二叔的记忆力果然好,我只来过一次他便记住了。我握住二叔粗糙的手说二叔好,又来麻烦你了。二叔说,麻烦什么,进屋进屋。从二叔嘴里喷出的酒气和他说话走路的姿态,我认为阿波的判断是对的,二叔是喝了,而且喝了不少。

厨房里,二婶领着自己的两个姑娘忙碌。去年来吃猪肉的时候已经见过，打了招呼，她们还都记得我，说我拿的山竹特别好吃。我去年去时顺手买的水果，真是不好意思，今年走得急什么都没买，山里人还是重感情啊，她们记得你给她们的一丁点好处。我顺便在厨房看了一下，一大盆鲜艳的肉，知是鹿肉，已经用料腌好，旁边的小盆里有切好的圆葱丝，打好的鸡蛋，还有拌好的凉菜，可能就等我们了。二婶见二叔和阿波进来，就问开始吧？二叔把目光转向阿波，阿波说，开始开始。阿波的架势果然带着城里人的派头，看来阿波平时对二叔二婶家贡献不小，要不不会这么受欢迎。推开屋门，已经来了好多人，我事先不知道阿波找了这么多人，只见谭主任、王主任、杨主任、李主任已经在那里打上了麻将，韩记者、金编辑还有两个不太熟悉的人打着扑克。炕上还有两个孩子在那里下象棋，煞有介事的。现在的孩子真是智商高，小小年纪都会下棋，想我们小时候还是撒尿和泥的年龄，时代真的不同了啊。

阿波走进屋里说，别玩了，咱们开吃吧。纷纷打着招呼，都很热情，看来都是第一次吃鹿肉，都透着兴奋劲儿。直接上炕，和几位主任坐在一起，中国人永远都要论资排辈，酒桌上尤其如此。阿波和韩记者、金编辑还有那两个陌生人坐在地下那张桌。介绍了一下得知，那两个陌生人也不是外人，是王主任、杨主任两位女主任的爱人。阿波办事就是周到，怕女主任不喝酒，先把人家老公给拽来了。

菜上来了，以鹿肉为主，还有几个菜：一盘豆芽凉菜、一个笨鸡炖蘑菇、一碗蒸扣肉（猪肉，是二叔从别人家买的，二叔今年没养猪）、一条大鲤鱼（是从水库买的），还有一盘鹿血糕和一盘鹿排骨，似乎还有鹿心肺什么的（不确定，没好意思问），够丰盛的。两个电锅里油吱吱啦啦地响，那盆鹿肉被端了上来，二婶的两个姑娘分别在两个桌子上忙碌，姐妹俩长得很相像，都是很红的脸蛋子，是那种常年在外劳动的肤色。她们都是笑笑的，让人看了觉得心里暖和。她们说话直率热情，喝起酒来不亚于男人，上次在二叔家吃猪肉时我是有领教的。但这次看上去觉得她们反而有些腼腆了，可能是有几个生人，也因为桌上还没有那样的气氛。

去年吃猪肉的时候，好像也是这些人，只是没有两位女主任和主任的爱人。那次猪肉吃得我们终身难忘，好像就是因为两位女主任没来，她们总念叨，才有了这次鹿肉宴。因此要感激二位女主任，甚至要感谢她们的爱人。酒是从村子里的烧锅接的酒熘子，粮食酒，确切说是苞米酒。二叔家这里是山区，叫鹿鸣沟，土地瘠薄，只能种苞米，别的东西不收，副业就是养鹿。这酒度数挺高，据说是六十度。二叔又杂以山葡萄汁，看上去很好看，葡萄酒似的，我一向不喝白酒，但也向阿波要了一杯，阿波举着塑料桶对大家说，酒有都是啊，管够喝。阿波接着祝酒，阿波说，别看二叔家就是养鹿的，可二叔从来舍不得杀鹿。今年二叔把鹿都卖了，特意留下了一头小鹿给咱们吃。我代表大家谢谢二叔二婶和两位姐姐。

我环顾四周，发现二叔没有在屋，这倒是反常的事情。去年吃猪肉时，二叔酒多话多，这次怎么躲了？问二婶，二婶说二叔中午陪客人喝多了，他要到山上转转，溜达溜达，醒醒酒。大冷的天，到山上转什么？我想二叔肯定是心里难受。阿波说二叔这是第一次杀鹿，他自己没动手，是请别人帮忙，中午他自己没动鹿肉一筷子，光喝酒了，就喝多了。

我们兴高采烈地喝酒，大口大口地吃着鹿肉，说着一些俏皮话。谭主任正襟危坐，一副目不斜视的样子，他只喝啤酒，有"啤酒谭"的美誉，轻易没有对手，现在他正把注意力集中在两位女士身上。

戴着眼镜的李主任虽然也在喝酒，却总是左顾右盼的。王主任是美女，别看已经为别人生了孩子，模样依然不改。王美女不顾自己老公还在旁边的事实，把一条短信拿给我看，这个短信是这样的：男男女女一起喝酒，高了，有人上脸，有人上头，也有人上手，还有人上心。我看了一乐，说，是挺有意思。谭主任说，你们俩搞什么名堂，有好的短信给我看看，我们部里正需要，我可以付费购买，一条五十元。大家这才想起，谭主任是手机报的主编，对内叫主任，对外叫总编。王美女把手机一藏说，不卖。谭主任说，为嘛？王美女说，嫌便宜。再说，我也没有义务支持你的工作，你的工作干得太好，我们部里怎么办？谭主任说，你太小心眼了，没有大局意识嘛。王美女就说，那你喝了这杯酒，我就给你看。谭主任一听不含糊，说那我连干两杯，谭主任在美女面前是有牺牲精神的。他连续两杯一饮而尽。谭主任用手抹着嘴上的泡沫说，这回可以了吧。王美女说，可以是可以，但要每条一百。关键问题上谭主任还是不糊涂的，他说那可不行，财务上的事情我说了不算。王美女翻楞了谭主任一眼，把手机递过去，谭主任一看手机也乐了，谭主任是无声的一笑。李主任立刻不高兴了，说你们都看了，就不能给我看看吗，就也要过去看，看得李主任眼睛一眨一眨的，是不由自主的动作。

  这边正高兴，那边杨主任的孩子和二叔的二姑娘的孩子却争执起来。因为杨主任的孩子一口不吃鹿肉，二姑娘的孩子就问，你怎么不吃鹿肉呢？小杨就说，老师说要保护动物，鹿不能吃。二姑娘的孩子嘻嘻笑着说，这是我们家养的鹿，又不是山上的鹿。小杨还是坚定地说，那也不能吃。二姑娘的孩子说，那你怎么吃猪肉呢，小杨说猪肉就是用来吃的，鹿不是吃的，鹿是看的。二姑娘的孩子却说，我们这里都吃鹿肉的。小杨怒目圆睁，反复说明自己的理论，两个孩子的争论引得大家哈哈大笑。

吃了一会儿，我起身去上厕所，阿波也跟了出来。外面不知什么时候下起了雪，蓝色的天幕上往下飘着轻盈的雪花。我们走到鹿圈那儿尿尿，圈里空空荡荡，一头鹿也没有了。那些空荡荡的房子上挂着干豆角和干菜，还有几穗白苞米。我记得上次来，那些精灵的鹿还在这里探头探脑地逡巡，如今已物去屋空，不仅有些不舒服。雪花落在头上脸上凉津津的，我不禁打了一个寒战。我说，早点往回走吧，呆会不好走了。阿波说，忙啥，酒还没喝好呢。我说，不知为什么，一想起那些鹿有些不舒服。阿波搂着我的肩膀说，你呀，怎么和我二叔他们似的。你知道吗，二叔的鹿是昨天卖出去的，卖给了南边的一个贩子，七头鹿总共没卖上多少钱，老两口都哭了。其实二叔自己会杀鹿，可是咋也下不了手，这头鹿是雇人杀的，还给了人家二斤鹿肉。二婶说，那鹿挺可怜的，一看有人来就啥都明白了，圈里就它一头鹿，它呦呦地叫着，扑通一跪，刷刷掉眼泪。我后来切肉都切不下去了，就是总看见那双眼睛。

阿波先进屋去了，我没有动，我也看见了那双眼睛，在黑暗里闪动，也许那个孩子说得对，鹿不是吃的，鹿是看的。文人真的是臭毛病啊，吃都吃了，还想什么想啊？

有人在暗处抽烟，我一看是二叔。我说二叔你怎么不进屋？二叔说我喝多了，我怕我搅了你们的兴。

我说外面这么冷，进屋去吧。

二叔说，我习惯了，没办法啊，每天这时候我都在鹿圈里转呢。

我看着二叔，一时无语。

试　探

　　他正在吃饭的时候，妻子说出了那件事情。她说周五有个同学会，大家约定要在外面住一宿。妻子以为他没听见，特意补充了一句，说，大家都在那儿住，带车去的同学也住呢。

　　他当然听清了，他的情绪立刻不好起来，他放下筷子，起身走到沙发那儿，坐到了沙发上。

　　妻子顶着满脸贴着黄瓜片，要捡桌子，看看他的剩饭剩菜，疑惑地问，你这是吃完了吗？怎么还剩饭了？我今天做的菜不好吃吗？

　　他拿着遥控器，把电视调了个频道，没吭声。

　　妻子一动，脸上的瓜片就要掉，她连忙摁住脸上的瓜片说，我问你呐，你是吃完没吃完？

　　吃完了，他说。

　　就吃这么点饭？

　　胃口不好。

　　喊，真怪。你几时又胃口不好了。

　　妻子在往下拣碗，咣当咣当，没好气似的。其实也不是，因为妻子依然仰着脸，走路有些跳跃，还哼着歌。

他抓起一本书去上厕所,他想,得去厕所想想,他历来认为许多事情在厕所都能想明白,

妻子在客厅里喊,你是不是在厕所看书呢?

他不耐烦地应了一声。他开始扯手纸,吃啦吃啦的,他只好装作是大便的意思。

妻子问,你在大便吗?

他说,是。

他再次拽手纸,吃啦吃啦的。他拽了半卷子手纸,拿在手里。

很快,他想明白了一个道理,妻子根本不可能在外面住一宿,妻子是在故意气他,他太了解妻子了,妻子的洁癖是出了名的,她怎么会在一个什么地方住下呢?这个问题一想明白,他摁了摁水箱的摁扭,水哗的一声冲了下去。他一跃而起,回到客厅。

客厅里的灯依然很暗,他没话找话地说,灯光太暗了。

妻子说,暗你就调呗,何必老跑厕所去装拉屎?既费水,又费纸。

原来妻子根本就没相信他刚才的做戏,妻子也太了解他了,他觉得他们之间这样的了解有些可怕。

他把灯光调亮了一点,看到妻子的脸在瓜片的覆盖下模糊不清。妻子端坐在沙发上,手里拿着遥控器摁来摁去,她的手指又细又长。

他坐过去,试着碰了碰妻子,妻子反感地说,干吗?

他说,你还是去吧。

妻子扭过脸来,诧异地望了望他,可能是动作有些大,那些瓜片纷纷脱落,露出妻子的眼睛,像猫一样。

妻子说,我说过我不去了。

他说,你别跟我生气。

妻子认真地说,我没跟你生气,我不想去了,还要花钱,每人

摊一百多呢。再说你也知道，我在外面住不惯。

他说，我知道你跟我生气。

妻子说，我没有生气。

他说，我想好了，我明天一早打车送你去。

妻子忽然问，真的，你打车送我？

他忽然有些后悔。他没想到妻子会这样问，为时已晚，他只得假戏真做。

他说，真的。

早晨五点钟，她就起来了，忙忙碌碌的，乒乒乓乓的。

他也早已起来，正在电脑前工作，他喜欢写作。他听见她在翻箱倒柜，有什么东西啪啦啦掉在地上。

他停住打字，问，你在找啥？

她说，我的睡袋啊。

他问，你真要在外面住啊？

她说，你不是答应了吗？

他想，是答应了，可是我根本没想到你真的要在外面住啊，他的心里也开始翻箱倒柜的，开始不舒服起来。

排骨炖豆角

给你讲一关于豆角的故事,我可以明确地告诉你,这个故事就发生在我的家里。我这么坦诚地说,是省得你瞎猜疑。

我妻子这个人不怎么会做菜,来我们家吃过饭的朋友都知道。但有一样她做得好——排骨炖豆角。嘿嘿,想起来了吧?不过,就这个手艺也是跟我妈学的。知道这个背景对我们这个故事很重要。这你就隐约知道我妈做菜好。这我不能多夸,夸多了我妻子该不高兴了。这年头婆媳不和也不是我们家的特产,各有各的原因。背景我就说这么多。

我儿子就特别愿意吃排骨炖豆角,你想啊,奶奶也会做,妈妈也会做,过年过节这都是喜欢他的人做的拿手好菜,经常吃就愿意吃了。

这一年的十一,我儿子又从北京风尘仆仆地回来。那时候十一还不是长假,只有三天。回来当天我妈就知道了,我妈就来电话,让我领着儿子上她那儿吃晚饭。这也可以理解,奶奶想孙子的急切心情,但是她老人家没考虑我妻子的心情。

其实我知道,我妻子为了她儿子回来,光这买豆角,挑豆角的,就花费了很大的工夫。我亲眼见到她一上秋就蹲在早市上挑豆角，她专挑粒大的、鼓溜的，惹得那些小贩子很不高兴。可我就佩服我妻子这一点，为了她儿子她可以忍辱负重、赴汤蹈火，小贩子的不高兴更不在话下。回来后，她还要把那些豆角丝子掐掉，一部分装袋，冷藏，留着十一吃；一部分焯了，装袋，冷冻，过年吃。所以我们家的冰箱总是满满的。我一直不赞成她这种做法，等到过年还有那么长的时间，何必呢，到时候再买不就得了。可是，在这个问题上，她根本不听我的，她认为我在生活智慧上基本是个白痴。

啰唆了这么多，我是想说，她在豆角的准备上费尽了心机，她还计划着十一至少给我儿子吃两顿排骨炖豆角（这人也是，好吃就非得多吃吗），却不料我妈当天晚上就给她孙子做了排骨炖豆角，我儿子不知内情，吃得很香。我妻子因为和我妈冷战，没去。我心想，糟了，这排骨炖豆角让我妈抢了先，妻子的拿手菜不知咋整了。

第二天，儿子出去忙活一天，会同学啊，打羽毛球啊，晚上自然和同学在一起晚餐了。妻子就埋怨，我这还咋给他做排骨炖豆角啊？我看着她新买的排骨，也在为她犯愁。

就在这天晚上，儿子单位来电话，让他早些回去。单位接了一单任务，上海一家船舶公司和丹麦一家厂商要进行一个购船交接仪式（补充一句，我儿子是做策划的）。老总在电话里说，我们头一回接这样的任务，别人做案子我不放心，你得提前到现场看一看，现场在浙江台州。

儿子放下电话就去查看到台州怎么走，然后在网上定了机票，机票是晚上五点的，一切都变得匆忙起来。

妻子试探着说，儿子，排骨炖豆角还做不做了？

儿子说，前天不在奶奶家那儿吃了吗？

妻子说，那你不是还没吃妈给你做的吗？

我儿子边收拾东西边答，那不是一样的吗？

我妻子说，那怎么是一样的呢？我的豆角是一个一个挑的，排骨是今天早上现买的，怎么是一样的呢？

儿子停下手，过去安慰他妈，说，给我留着，等我回来吃。

儿子三点就得走，提前上机场，他老舅的汽车已经等在门口。他老舅进来看我妻子泪眼婆娑的样子说，干啥呢？

妻子委屈地说，大宝（我儿子小名）没吃上我的排骨炖豆角。

我小舅子笑了，你净整没用的，赶紧，要不就不赶趟了。

他老舅提着行李箱和儿子一起走出去，儿子歉意地抱了抱母亲，说，下次回来我那也不去，就等着先吃老妈的排骨炖豆角行不？

我妻子像小孩一样破涕为笑，她也知道儿子在安慰她。

儿子走了。

儿子走后很长时间，有一天她让我把冷藏的那些豆角拿出来。我拉开冰箱，看到了那些装在塑料袋里豆角，依然新鲜，它们散乱而拥挤地排列着，散发着凉气。

我拿给她时问，你要干什么？

妻子说，我要给你做排骨炖豆角。

我就是要你尝尝

再讲一个发生在我妻子身上的故事。这个故事其实是从春天开始的。

那个春天,我家刚刚搬到一个新小区,是一个一楼。我妻子立刻萌生了很多幻想:她要把有限的小园子里都种上各种菜,还要弄很大的一个葡萄架,葡萄架下放上躺椅。

她幻想地说,你就在葡萄架下看书。

她又幻想地说,到了秋天,结了葡萄,葡萄就会垂挂下来,你一边看书一边顺手摘一串葡萄。呵呵,那该多好啊。

我倒是没有她这么爱幻想,我这个人比较怕劳动。我想,让她弄去吧。

不久,她买回来三棵葡萄苗。我不懂葡萄,看着她拿回来的葡萄苗干干巴巴,枝条上芽苞也不精神,我问,能活吗?

她那时正在我家园林建设的兴头上,兴奋地说,我问了,人家说没问题,这些芽苞都得脱落,栽上后,会长出新的芽苞,把旧的芽苞就顶下去了。

我又问,这葡萄品种能行么?接出来的葡萄能甜吗?

她说，那个人说没问题，保证甜。他年年在这卖葡萄苗，不甜可以找他。他还说，他自己也种这样的葡萄苗，秋天他就在这里卖葡萄。

我心想，啥话你都信，这些小贩子的话你也信，人家要说不甜你能买吗？

我不能打击她的积极性。看着她兴冲冲栽着葡萄苗，我觉得我们的生活一定会在她的手里变得美好。

到了秋天，葡萄藤爬满了葡萄架，整个夏天我们充分享受到了它带给我们的阴凉。也正如她所预想的那样，我可以在葡萄架下的摇椅上躺着看书，边看书边顺手摘下一串葡萄。葡萄已经呈现为紫色，很大，很饱满，拿在手里沉甸甸的，还挂着灰。我吃了一个，酸的，我把葡萄吐了出去。正在旁边拔菜的她问，你怎么把它吐了出来？

我说，酸。太酸了。

她过来说，不会吧，人家说是甜的。

我不满意地说，人家说啥你都信。

她拿过去也尝了一粒，酸得她立刻吐了出去。

她拎着那串葡萄就往外跑，连外衣都没顾得上穿。

我问，你干啥去。她边跑边说：我找他去。

我说，早市已经散了，你找谁去？再说，你找人家人家能承认吗？算了，不就几棵葡萄苗吗？明年再换几棵不就完了吗？

不行，我妻子气咻咻地说，他糊弄我，他说是甜的。我得让他自己尝尝。

第二天，见妻子执意要去，我只好陪着她一起去了早市。以我的经验判断，那个卖葡萄苗的人一定不会在，他只是那样说说而已，根本不可信。也只有我妻子这种人才会信。

还真别说,那个卖葡萄苗的倒霉蛋还真让我妻子找到了。这是一个看上去憨厚老实的人,怪不得妻子会受骗上当。他在这里卖葡萄,他框里的葡萄让人眼馋。他肯定已经记不起这个怒气冲冲过来的女人和自己有什么联系,他以为我妻子要买葡萄,不知好歹地问,大姐,买葡萄?尝尝我的葡萄,又大又甜。

我妻子说,你先尝尝我的葡萄吧。

她把葡萄举到卖葡萄人的眼前。那个人还是没想起来,但是他觉得这个女人挺古怪。他说,我尝你的葡萄干什么呢,我的筐里有都是。

我妻子坚定地说,你必须尝尝,这是你的葡萄苗结的。

这个表面上憨厚老实的人,这才认真看了看眼前这个女人。他终于想起来了,他说,你要干什么?

我妻子说,我不干什么,就是让你尝尝,这葡萄是不是甜的?

我妻子跨前一步,几乎要把那葡萄塞到他的嘴里。

这时候围过来许多人,他们不知道发生了什么,总之他们是来看热闹的。

那个面相憨厚的人吓得往后退了退,他说,你这个人真是,春天的事情我怎么能说准呢,我怎么能知道它甜不甜呢。

他摊着手掌对大家委屈地说,大家评评理,她春天买我的葡萄苗,我怎么知道甜不甜呢。

我妻子说,你说是甜的,你说是甜的。你怎么能对你说的话不负责任呢?

面相憨厚的人这回彻底想起来了,他说,这位大姐,我们掰掰理,你当时说你要能过冬的葡萄,对吧?你说要能做葡萄酒的,对吧？我当时就告诉你了这是嫁接的山葡萄，做果酒就得山葡萄是吧？

他一副无辜的样子，看着我妻子，看着大家。

人们渐渐地听明白了是怎么回事，就有懂的说，山葡萄就是酸的。山葡萄要是甜的还叫山葡萄么？就是这股酸劲儿才能做葡萄酒呢。

我已经听明白了，上去劝妻子拉倒吧。妻子执拗地甩开我的手说，那我不管，我临走时特意问你了，你说结出的葡萄是甜的。

面相憨厚的人说，那你要怎样？

我妻子说，我不要怎样，我就是要让你尝尝。

面相憨厚的人想了想，接过葡萄尝了尝，立刻一脸苦相。

我妻子问他，酸不酸？

他点着头说，酸。

我妻子这才拉着我转身走了。

走出挺远，待她的气消了一点，我说，你这是何苦的呢？

妻子说，我就是要告诉他，下回别撒谎了。

磨剪子的老人

我和妻子锻炼回来,见楼前有个老人在喊,磨剪子——戗菜刀——

妻子问,磨剪子多少钱一把?老人说,三块。妻子说,你等一下,我磨一把。老人要跟过来,妻子说,你就在这等着吧。

我家住一楼,妻子从外面的铁皮柜里费力地翻出一把剪子,剪子很久不用,已经生锈。

我说,这剪子还值当磨啊?

妻子说,我看他岁数挺大的,给他几块钱吧。他挺不容易的。

我心里有些感动,就拿着剪子和妻子给的三块钱走到楼前。老人正在整理他的工具,见我过来很高兴,接过剪子一看,说这可是把老剪子了。我说,张小泉的。老人说,是的,现在的剪子都是假的,你这是真的。我问老人,你说,王麻子和张小泉谁的剪子好?老人说,要是真的,那就都好。

老人把凳子从自行车上放下来,凳子上绑着磨刀石和一个砂轮。老人把剪子反向掰开,让剪子的刃露出来,老人看了看,笑了,说伙计,你这剪子还没开刃呢。我说是吗?也不懂啊。老人说,我开刃收两块钱，不过你的我就不收了。说着，老人就摇着砂轮为剪子开刃。砂轮哗哗地响着，迸出火星，只一刻工夫，老人就弄好了，老人用手试试，说可以了。

老人接着给磨石淋上水，开始用磨石磨剪刀。

早晨的太阳照在老人身上。老人头上戴一顶毡帽，很像过去电影里看到的磨刀人。他的脸上皱纹横生，很慈祥的样子。奇怪的是，老人的胳膊上戴着一块上海牌手表，估计也有些年头了。我问他，他说这还是结婚时买的呢。老人说，上海牌手表，抗造。我心里暗想，是啊，上海牌手表真的很抗造。

老人磨得很细致，他边磨我们边唠嗑，我得知老人是安徽人，在吉林市二十多年了。我问老人多大年纪了，老人抬起头来回答我，七十七了。我说，看你身体挺硬实的，他说，没害过病，从来没害过病。老人又说，咱是穷人，穷人不害病。我问，你家人呢？老人说家人还在安徽，这里就他自己。我有些愕然，我接着问，你回家吗？老人说，冬天我就回去了，冬天你们这里太冷了。

我其实在想，这样一个孤单的老人，他为什么一个人在异地他乡呢？他已经七十七岁了，还像候鸟一样来回奔波，他有怎样的家庭背景？他有多少生活的苦楚呢？

可是，从老人那平静的脸上，什么也看不出来。

老人把剪刀磨好了，他放在耳朵旁边铰了铰，说不行，不合牙。他接着用剪子铰一串布条子，剪子有些发涩，铰不动。他拿起锤子到旁边地上砸了两下，再在耳边听，高兴地说，这回好了。在布上一试，轻松就绞下了一块布条。他把剪子递给我，说你试试。我接过来试试，果然是好，剪在布上沙沙的，一点也不涩。

老人说，磨剪子和磨刀不一样，剪子就得砸吧。

砸吧砸吧就好了。老人说。

老人开始抽烟,老人举着烟的胳膊皮肉有些松弛,粗糙的手在太阳下有些发亮。

古　迹

我要说的这个东团山位于城东，是有名的古迹。早些年，城东比较偏僻，桥东就不说了，桥东那时还一片荒凉；桥西这面就够一说，叫东大滩，地势低洼，正处在松花江在个城市的拐弯处，一片破乱的民居。住在这里的居民都是平头百姓，一下雨多数人家屋里就进水，苦不堪言。

好在那时候领导很深入群众，只要大雨，市领导一准去看东大滩。市领导进这家出那家的，后面跟着几个拿本子、相机的记者（那时候还没有电视，电视是后来的事情），于是大家吐吐苦水，说说心里话，领导们都表示要尽快对那里进行改造。第二天报纸上和广播里就有了他们的声音，他们就高兴，说领导重视呢。领导重视是重视，估计也是没有资金，改造就没了下文。好在那里的人们已经习惯了，他们就期待着下一届领导，他们也期待着下一次下雨，就可以再见见领导，再吐吐苦水。时间久了，那里的人习惯于领导的关心和慰问，有事愿意找领导。知道这个背景对这个故事之所以能成为故事很重要。

虽然说，我们这个城市的历史都在这呢，可在那么多年里，这里一点也没显出重要来。不说别的，单说它的山脚下那条铁路，如果当初真的认为这地方重要，怎么也不会就在山脚下走啊。现在的城市那是相当的繁华，我前面说的东大滩已经今非昔比。这些年，市政府实施东部开发战略，以前所未有的优惠政策，吸引着全市包括外地的房地产开发商进军东大滩。东大滩成了金银滩了，一座座高楼平地而起，一个个高档住宅小区应运而生，但那都是富人的事儿，动迁户还得住动迁楼或者回迁楼，多数还都是在铁路边上。铁路边上就铁路边上吧，经历了多少年冬天寒冷雨天泥泞的东大滩人能住上新楼，乐都乐不过来呢，还有什么可说？每天早晨，他们听着火车的鸣叫声起床，站在楼上看着火车从楼下经过刷牙洗脸，还高兴呢。那时候，他们习惯了火车为他们提供的时间。早晨有一列开往哈尔滨的火车，6点35分经过，他们就说，老哈来了，该起床了。7点左右有一趟开往白山的车，他们就说，老白来了，该上班了。他们每天都拿火车打哈哈凑趣。

可是人这东西，就是耐不住时间，许多人时间长了就觉出了这里的不好，说是噪音污染，说是在这楼里住短寿。怎么就短寿了，那些年住平房的时候也是在铁路边上，光顾了水患，没有人想什么噪音不噪音的。现在不行了，现在生活水平提高了，讲究生活质量了，你富人知道住好地方，我们也知道。只要攒下了买房子钱，人们就开始纷纷逃离这里，去了更好的地方。

但是，能搬走的毕竟是少数，多数人还得在这里居住下去。他们的说法就不一样了，他们说，一过火车，楼就像在浪里漂浮，这才有松花江上的味道嘛。他们说，以前晚上最怕火车，现在好了，到点不过火车，还睡不着觉呢，你说贱不贱？这人哪，就是环境的产物，他什么都能适应，又什么都不能适应。他们说，那么多人都大老远地赶来看吉林八景,我们站在楼上就看见了。确实,站在楼上望出去,一江秀水蜿蜒而过,那山倒映在水里煞是好看,铁桥也是英姿勃勃的,说起来现在是没有了。早些年这里还有守桥部队呢,这里的人总能看到他们出操和上岗下岗,那军人敬礼的姿势真带劲啊,别人谁能看到啊。

我前面说了,什么事情也耐不住时间。时间一久,这人的毛病就来了。有人觉得受不了了,说住在这里头疼,说住在这里时间长了耳聋(已经有几个人查出轻度耳聋,有懂的人说再长期下去就是中度和重度耳聋),也有说住在这里休息不好,容易患抑郁症(抑郁症大概不是这么得的吧),反正这个那个的就都来了。凡事总得有个带头的吧,就有向市里写状子反映的,开始时是要求火车通过这里时不要鸣笛。实际上,自从这里的铁路局归到沈阳铁路局后,铁路已经不怎么牛哄了,特别是提速后,车次也减少了。市里大概经过与铁路方面协调,很快就答应了,火车经过这里不鸣笛。这里的人就有些得意,早晨刷牙的时候看着火车经过,还很有兴致地冲火车上的人挥一挥手,牙膏泡沫全粘在嘴上;小孩子更是要叫上一叫,有讨厌的孩子就站在阳台上,把着小鸡鸡冲着火车方向撒尿,博得大人们一笑。这里的人就有了胜利者的姿态。

过了一阵,这里的人们又不舒服了。他们看团山子看腻了,看大桥也不舒服了,原来是雄伟的,现在看着就有些别扭。挡视线啊,好好的一条江,让它一拦坏了景致不说,每天咣当咣当就这桥上最响,响得是真烦人啊。怎么办?要求铁路改道。这大概有些难度了,但是这里的人们提出的想法不是没有依据的,他们也是懂政治的。其实,这个城市一直想要把火车站挪到城外去,这几年,这个城市的发展很快,原来是城市边缘的地方现在都成了中心区,如果把车站挪一挪，就更合理和科学了。但是铁路不归地方说了算啊，他们就去和铁路上的人研究。那时候，这里还有自己的铁路局，还能和中央（就是铁道部吧）说上话，可是一直也没结果。而等到的结果是在原地建了一个车站，看着还没有原来的气派。后来，铁路局被合并到沈阳了，连分局都不是了，估计放个屁都要到长春去请示，差不多成了一个三等站，市领导也就气馁了。这里的人不理解领导啊，还是用状子往上反映，他们给市人大写，给市政府写，天天去那些能反映的部门反映。那些部门的人也不急不恼，就么听着，他们真是好脾气，让他们等消息，可是消息永远没有。你今天来他们让你等消息，你明天来他们还是让你等消息。告状的人慢慢地就懈怠了，那些部门之所以好脾气要的就是这样的结果。但是也有不一样的，那个政府信访办的主任就是一个很好的人，他说，要反映呢，我们这级不行，当然了我们也有义务反映，但我们现在连铁路局都没有了，解决问题的难度太大啊。主任虽然没有说应该往哪里反应，但告状的人听明白了，要想解决必须往上反映，往上有长春，有沈阳，有北京。这里的人挠着头皮想了想，算了，太费劲了。

这年头，只要你想干事情，总是有人愿意给你出主意的。在商场上这可能就叫策划，在政治生活中叫出谋划策，这就是市场经济的好处，想睡觉就有人给你递个枕头。有一高人就给这里的人们出主意了。这个城市不是历史文化名城么，他们最近要申请非物质文化遗产，东团山是典型的非物质文化遗产了。听说沈阳的一个高句丽时代的遗址就申请了非物质文化遗产，批下来就拨款啊保护啊什么的。东团山是典型的非物质文化遗产啊，那要是申请下来，这铁路桥能留住么？现在不比从前了，中央也是重视文化的，铁路和文化遗产比哪个重要？呵呵，这真是好主意啊，我们怎么就没想到，告状的人捶着脑袋，立刻觉出了自己的蠢笨。于是，立刻找人写状子，这状子可就和原来不一样了，得找专业人士写，得把那些新的旧的都写上，当然还是越旧的越好，得有考证啊。我没看见他们写的状子，但是我估计离不开我上面说的那些内容。

呵呵，往深了我就不说了，小说嘛，说多了就有人对号。结果还是可以说一下的，经过层层努力，上面已经开始着手研究这件事情了，这大概就是个好兆头。提出铁路迁移是附带的意见，因为要保护非物质文化遗产嘛，外国人过来要是一看有铁路能批吗？等等，等等……当然，这是铁路上的事情，不大好办，铁路也许不管你是不是文化遗产的。

但是，也有人坚定地说，铁路也不是外国的铁路啊，它咋能不听国家的呢？

总之，群众嘛，你给他一百个好，也不一定换他个满意，还是说啥的都有，也都是瞎议论，向来是不作数的。

杀猪匠

早些年，杀猪匠在北方是很牛哄的职业。其他季节还看不出什么，杀猪匠和别的农民也差不多，可一进入腊月，就不一样了。腊月是杀猪的季节，也是杀猪匠大显身手的季节。

杀猪匠一般都是要去请，有名的就那么几个，张三李四王二麻子，挂在嘴上，也记在大家的心里。牛哄的大多是活计好的，一刀见血，干净利索，就是不大不好请，牛哄嘛！

有的人家宁可走个十里八里的去请那些牛哄的人。这就对了，正宗的杀猪匠就是不一样，你看人家，手里大多拿着三件东西：杀猪刀、通条和刮子。

杀猪匠是很少参与抓猪的，抓猪都是邻近的半大小子，平常有劲没地方使，这时候都摇摇晃晃地上来了，再说捞忙的也不是白捞，是有酒喝的。抓猪一般都是早晨，这天就不喂了，喂也是白喂。猪们还没醒睡够就被捅醒，不知死期来临，不高兴地哼哼一下。半大小子们可等不及了，兴奋得要命，抓猪啊！他们发一声喊冲进去，三下五去二就把猪按住。有讲究的，觉得猪圈下不去脚，就设法把猪引出来，想在院子里行事。猪是那么好糊弄的吗？眼见得到了最危急的时刻，猪也有奋不顾身、英勇就义的啊！看这位，一米多高的墙，竟然穿越而去。杀猪，可以激发猪的巨大潜能，每年杀猪都要闹出许多笑话，那逃出去的猪受了惊吓，好多天不回来，差不多成了野猪。也有胆小驯服的，早就在那里筛糠了，人们一拥而上，吓得大小便失禁。束手被擒的猪们被用绳子死死系上，那种系法叫作"猪蹄扣"，有用它绑犯人的，犯人也是挣不脱，那扣是越挣越紧。猪们无奈地哼哼着被主人家过秤。过秤后报个数，讨个吉利，激起一片笑声。这时，轮到我们的主角——杀猪匠上场了。

此前，他基本上要么袖着手，要么抽着烟，在一边看热闹。杀猪见识多了，就像那些刽子手一样，有些麻木。一切正常，他当然上去就杀。但真的遇到了逃跑的猪，他会夹起东西就走，主人还得歉意地相送，说改天再请，好像那猪是他故意放跑似的。主人当然知道，那杀猪匠却是走了就不再来的，要杀就得另请高明。

好运气的猪毕竟是极少数，大多数的猪这时就被按在案子上了，那惊心动魄的一刻终于就要到了。猪们的嚎叫本来也是强弩之末，变成了无用的哼哼，这时看到杀猪匠走向它，顿悟死神的来临，有的又声嘶力竭地叫起来。只见杀猪匠无动于衷地挽起袖子，吐掉烟蒂，上前摸了摸嗓子窝在那儿，摸准了，就用刀把那地方的毛剔净，露出白的皮，下面就有人准备好了大盆，用来接猪血的。盆里放点盐，还放着用来搅血用的高粱秆，血出来后防止凝固，就要有人不断地搅动。

杀猪匠不容分说，上去就是一刀。我前面说过了，这一刀才是真本事，有的刀柄已经插进去，他要听得见猪那轻微的哼的一声才把刀拔出来。只有他自己知道，这一刀是进到了什么位置，外人是看不出名堂的。刀一拔出，血呼的一下就喷出来了。

杀猪的第一步已经完活,接血的人开始手忙脚乱,拼命地搅着。那血不断地淌下来,淌了有一个时辰就出血沫子了,就把盆撤到一边。杀猪匠这时看着他们忙活,他的手上还带着血,抖都不抖。他看着手上的血,判断着自己这一刀如何,从血流出的情况他判断着刀到没到位,血出没出净,如果血出不净就容易捂血,就是没杀好。肉中带血是大忌,做出的肉不好吃不说,关键是丢了手艺。

看着血淌完了,他丢下烟头走到那头死掉的猪前,用刀在猪的后腿挑开一个口子,流净了血的猪已经没有血了,他伏在那里就吹了起来,旁边的人眼瞅着他把那条腿就吹鼓了。接着他把通条插进去,开始捅一捅,吹一吹,间或还用棒子敲一敲,很快那只猪整个被吹得圆鼓鼓的了。通条的作用就在这里,被吹完和通完的猪皮已经和猪肉离鼓了,揭开它就是一整张皮。这个过程是比较累的,杀猪匠一般吹完了之后都要累得气喘吁吁。后来就改用气管子往里打气,这已经不属于手艺的范畴。再后来,连气管子也不用了,我估计主要是猪皮的用处不大了。

水早已经烧好了,热气腾腾的,是那种开过之后有些凉下来的水。太热不行,太热容易秃噜皮;太凉也不行,太凉刮不下毛来。众人帮着杀猪匠把猪抬到锅沿上,杀猪匠就用瓢搋着热水一边浇一边用那个刮子在猪身上刮,咔哧咔哧的,让人听了毛骨悚然。那毛就一片一片地掉下来,锅里外头都是,不一会一头干干净净的猪就脱颖而出了。接着是开膛破肚,一切就变得简单了,对于一个杀猪匠来说,肢解一头猪易如反掌。但是,开膛的一刹那大家是要看的,一是看手艺,好的手艺是刀尖正好刚刚戳在心尖上。大家不免一阵惊呼和赞叹,杀猪匠也面露得意之色;另一个就是看膘肥,就伸进巴掌去比量,说三指膘四指膘。旧时候,是越肥越好啊,膘肥好燎油。

在整个肢解过程中，要先把猪头割下来，或大或小要根据主人家的要求，割好了还要留一个孔，用绳子拴上吊在仓房里，再把四蹄和尾巴卸下来用麻绳捆好，和猪头放在一起，留着二月二龙抬头的日子吃呢。猪的内脏心肝肺被一起取了出来，叫一副"灯笼挂"。猪的肠子被取出来了，粪便被倒掉后，用雪、盐和小灰反复搓洗，肥肠自然留做肥肠，小肠就拿去灌血肠了。

灌血肠也是手艺，把猪血里的血筋滤出去，用屋内焯肉的老汤把猪血勾兑好，再加上点佐料，就可以灌血肠了。灌好的血肠一般都扔在雪里埋着，煮的时候一定要掌握火候，先用急火煮开，再用稳火慢慢煮熟，这时候有人拿着银针不断地往血肠上扎，看看血肠还冒不冒血，一旦不冒血了立刻捞出来，生怕煮老了。出锅后，切成片，蘸点韭菜花和蒜酱，那个香啊。吉林市就有一家"老白肉血肠"馆，专营白肉血肠，上百年历史了还经久不衰。凡是外地客人和中央领导来，都要领到那里品尝一下，说明血肠是何等受欢迎。

内脏被掏空后，杀猪匠还要用斧子把猪从脊椎处一劈两半，猪肉被一分为二了。每一半又被分为血脖、前槽、腰窝、后鞧等，一一卸开，一切才算收拾完毕。

这时候就轮到女人们上阵了，她们切的切，剁的剁，开始准备宴席了。眼看着那些肘子、排骨、还有肥瘦相间的五花肉和着酸菜一起下锅，咕嘟咕嘟很是诱人，香味顿时飘起来了。孩子们就跑前跑后，热闹的情景真的不亚于过年啊。

杀猪对于那时的农村是件大事，就借着机会请客了，吃杀猪宴叫"坐席"。请客分几拨，一拨是亲戚，直接的亲戚不管多远都要告诉一声；一拨是屯子里的头面人物，比如队长、会计，等等；再有一拨就是邻居，邻居就是有选择地请了，都请谁也请不起。捞忙的不用说了，有些邻居就是日常帮助过自己的。这些邻居因为关系密切，不光大人来吃，走时顺便给小孩子也要带点东西，比如几片血肠几片肉，选孩子们爱吃的，这有时也是女主人必须考虑到的。

　　杀猪匠这时候已经变得不重要了，或者说主人已经顾不得他们了。他们也就没得挑，都是自己照顾自己。有爱吃肉的，就用笊篱在锅里捞几块肥肉放在碗里，淋了点酱油，蹲在灶台边上闷着头，呼噜呼噜吃下，状如吃粉。完了，用手一抹，夹着自己的家伙什和主人赏给的东西，走人了，招呼都不打。也有的就洗洗手，换了衣服，坐下和熟悉的人一起喝酒，喝到酣处也不忘那些家伙什，走的时候同样拎上主人赏的东西，一摇一晃地回去了。

集体户的狗

集体户的那条叫"大黑"的狗,是小葛子带去的。下乡的那一天,谁也没有注意他,更没有人注意那条狗。

是带队的王师傅发现的,他问,谁家的狗?那时候,小葛子就坐在箱子盖上,他阴着脸说,咋的了,我的。王师傅一看,是翻砂车间哑巴葛殿才的儿子。葛殿才早年离婚,一个哑巴也不会管教孩子,基本上就是靠打。他爸打他,他就打别人,在铁路那片也打出了点名气。别看年龄不大,老资格了,两次被劳教,不久前刚刚从里面出来。

王师傅就有点同情,口气软了下来,问,你要带到集体户去啊?小葛子说,是啊,咋的?要扔给我爸还不得饿死啊?小葛子说话像吃枪药似的。王师傅只好说,你愿意带就带着,不过我把丑话说在前头,这东西到农村很难合群,我是怕你将来惹祸。

真让他说着了。陈家三队赶马车来接人的老刘头,很是热情,上来就要帮着从汽车上往下拿东西。那狗没得到任何指令,就突然蹿上去,一口咬住老刘头的袖口。老刘头吓坏了,使劲一拽,袖子被拽下去半截,人倒在地上惊恐万状地喊,狗,狗,快看住狗!小葛子坐在车上哈哈大笑，说黑子，你他妈行啊，没用我说话你就行动了。

老刘头往回赶车时还直回头回脑的，心有余悸。看着坐在车上又变成绅士的狗，莫名其妙。

到了村口，有一条大黄狗雄伟地立在村头的桥上，例行公事地叫了两声，它大概不会想到这车上有狗，就有狗随帮唱影地跟着叫了起来。小葛子和那条狗立刻兴奋起来，小葛子说，妈的，还敢跟我示威？他拍拍早已经在一边跃跃欲试的狼狗说，去，大黑，给它们点颜色瞧瞧。那狗果然听话，箭一样地冲了过去。开始，大黄狗还没太在意，一副傲慢的样子，没怎么防备，大黑冲过去立刻撕咬起来，大黄狗觉出了这不是同类，且战且退，很快就败了下去，跑得远远的，在旁边呜咽。那些围在它身边的狗早就作鸟兽散了，叫得已经不是好声，都胆战心惊的样子，全村的狗叫成了一片，好像真有欢迎的意思了，惹得许多不知情的人出来瞧热闹。

老刘头高兴了，冲着小葛子竖起大拇指，说，这狗厉害。

狗已经跑回来，蹲在小葛子身边喘气，小葛子摸着它的头高兴地说，爱谁谁，谁惹咱咱就跟谁干，听见没？谁都能听得出来，这话表面上是对狗说的，实际上是威胁大家呢。

狗的确是一条好狗。它好像不怎么适应集体户的生活。开始的时候，它不怎么吃食，也不怎么出屋。人还行，人融入生活看来比狗快。开始的时候是到公社粮库领粮，国家是定量供应，还有大米豆油什么的。这里是半山区，只有旱田，社员很少能吃到大米。集体户的人不怎么会过，就先吃大米，不怎么吃面，吃面费事，他们不怎么会做。大米吃光了，他们就用面去和社员换小米，吃小米粥。吃大米的时候，大黑还吃两口，吃小米粥的时候，大黑舔两下子就不怎么愿意吃了。大家奇怪,那时候城里也不吃什么好的啊,怎么给大黑养成这样的毛病?小葛子说,不是吃的原因,它还是不习惯。大家看着狗很蔫巴,心里也都跟着不好受,毕竟是一起来的,同是天涯沦落人(狗)啊!出工的时候,大家就都劝小葛子带着,小葛子就带着它去出工,用个皮套子拴着它。那皮套子也很漂亮,嵌满了亮晶晶的铆钉。大黑显然有些高兴,它兴冲冲地往前面走,远远看见大黄,它试图过去和大黄亲热,大黄吓得扭头就跑。没办法,它领教过大黑的厉害,它可不想和这个黑黑的家伙对阵。大黑就有些讪讪的,估计已经后悔,如果早知道要长期在这里生活,何必惹人家不高兴呢。人也是一样啊,铲地铲得手起了泡,太阳晒得一天脱一层皮,就都想家想得厉害,女生甚至直哭。这狗被拴在树上,不知道该干什么,就围着树这嗅嗅那嗅嗅,都是草也没什么好吃的,转来转去,驴拉磨一样,很快就把自己给缠住了。小葛子不明白狗的思想,过去踢了一脚,说:你他妈要自杀啊?我还没自杀呢,你忙啥?就扔下锄头坐在树下。打头的二歪是回乡知青,队长的小舅子,总是向一边歪着脑袋,拉小提琴似的。他有些讨好小葛子,把烟口袋递给小葛子,小葛子接过去,那狗突然叫了一声,把二歪和小葛子都吓了一跳。小葛子说:你啥意思?不让我要是不?那狗躲避着小葛子的目光,好像做错了什么似的。小葛子把烟卷完,吐掉烟头上的揪揪,对二歪说,这狗,他妈的,连我和谁交往都管。二歪说,不至于吧,你把它说得也太神了吧?小葛子立刻翻脸了,说你傻啊?我这是比喻。二歪嘎的一笑说,这叫比喻?你别逗了,这也叫比喻?小葛子把烟一下子吐在二歪脸上,说:别给脸不要脸啊,你还晒脸了是不?敢嘲笑我?那狗立刻站了起来,吓得二歪连忙站起来,说葛子,你咋说翻脸就翻脸呢?

二歪挑动地说，有能耐你和一队高书记家养的那条大狼狗比一比试试。

小葛子立刻眼睛放光了，说，好啊，我正愁着没地方练练大黑呢。

户长小徐子连忙劝他，可别去惹祸。

小葛子不太买账地说，惹什么祸惹祸，大黑怕过谁？

谁也不知道小葛子是什么时候去一队的。但小葛子回来的时候，大家是都看到了。严格讲，大家看到的是小葛子抱着那条狗，走在云霞里。那狗明显受伤了，身上血肉模糊，嘴也被咬坏了。可以想见，那是怎样的一场厮杀啊！

大黑回来后，不吃不喝，就是趴在地上，谁碰一下，它疼得直哆嗦。小葛子找了兽医，兽医一近前，大黑就咬，都这样了也还是那脾气，见着农民装束的人就不让靠前。

没办法，只好把它带回城里去了。

香你不给我留一个

1971年那年我十四岁，刚刚上初中。我上的中学叫吉铁二中，是铁路的一个子弟中学。

这一年的夏天，不知什么原因，爸爸要领我上北京。我至今也不知道是什么原因，我至今也想不起爸爸领我在北京都做了什么。但是，北京，我记住了。我知道那里有天安门，那个大大的门洞我早就熟悉了，是在我家的唱片上熟悉的。每一张唱片上都有一个小小的天安门，爸爸经常告诉我，歌声，就是从那里发出来的。所以，在我儿时的记忆中，那里住着许多的歌唱家，有马玉涛，有郭颂，有胡松华……

我们坐了很长时间的火车。坐在我们对面的是一个比我大不了几岁的人，我那时对人没有什么年龄判断，除了老人和孩子，其他的就有点分不清。依我现在来看，他可能是个大学生，本来应该叫他哥哥的，但我还是叫了他叔叔，他很高兴。我不知道他为什么高兴，我只是觉得他更像一个孩子。他总是望着窗外，要么哼哼歌，要么把手放在一起捏，好像他的手有毛病，他把它们捏得咯咯响。我对他甚至没有什么好感。

车到唐山，满站台都是卖包子的，那包子的味道真香啊。正是中午，许多人都在买包子，我那时候还不知道唐山包子那么有名，我只是被它的味道迷住了。我看看爸爸，爸爸正睡着。我吞咽几口吐沫，还咳嗽了几声，希望引起爸爸的注意。我来回走动，就差去喊爸爸了。

对面的那位叔叔看到了，他拽了我一下，示意我不要惊动爸爸。他从车窗那儿买了几个包子，只吃了一个，就把剩下（剩下？）的那些包子都给了我。我想都没想就狼吞虎咽地吃起来，那包子真好，油汪汪的，放在报纸上把报纸都浸透了。

剩下最后一个的时候，我想了想，要不要留给爸爸呢？我想爸爸在睡觉，爸爸一直告诫我不能要别人的东西，我居然想都没想就要了。

它实在是太香了啊。

我忘了那位叔叔是在哪里下的车，总之是还没到北京。

后来，站在风很大的北京街头，爸爸摸着我的脑袋问我，你是不是吃人家的包子了？

我很惊讶，又有些害怕，我说，你怎么知道呢？

爸爸没有回答，却笑着对我说，你别害怕，我是想问问你，那包子香不香？

我说，香，香极了。

爸爸照我的后脑勺搂了一把，说，傻小子，香你不给我留一个。

对一个人的了解有多少

这些年，我的同学余凯像一个幽灵一样地消失在人海里，谁也不知道他的去向。当然，确切地说，也没有人认真地找过他。每个人都忙碌在自己的生活里，这无可厚非。

有一天，他突然打电话给我，说要聚一聚。你能想象出我当时激动的心情，一个失去联系多年的好朋友突然又冒了出来，是让人多开心的事情。我们约定了时间，他知道我多少还与一些同学有联系，让我负责找人。我放下电话，还心潮澎湃，不由得想起我的小学生涯。应该是，余凯在我们铁路那片小有名气。从上个世纪六七十年代过来的人都知道，那时候有一顶军帽是多么牛，而余凯有三顶军帽，两顶单的，夏天轮换着戴；一顶棉的，冬天戴。军帽来源自然都是抢，所以一般的人是不敢戴军帽的。他每天戴个军帽，里头用手绢垫上，使中间高出一块（不知道当时为什么戴军帽的都要那么弄），书包里常年放着一把菜刀。我这么一说，你会以为他是什么凶神恶煞，其实他长得很秀气，甚至看上去有些腼腆，他在我们班里还是班长。但是，你千万不要惹他，只要你惹了他或者是我们班上的同学，他是绝不会放过你的。谁惹了我们班的同学找到他，他总是笑嘻嘻地说，走，看看是谁？我们就跟在他的后面去找那个人。不管是哪的，他到那一句"我是余凯"，估计一般都得跑。他冬夏都戴着帽子，只有到了课堂上才摘下来，我们由此看到了他那深深的刀疤，我估计他的名气就是这么传出去的。

说起来，这都是以前了。

不久，余凯给我打来电话，说他从北京回来了，我立刻张罗了几个同学，提起他，大家都表示了某种惊讶。

见面是在一家豪华的饭店，是一个当年的小哥们安排的，他也是我费劲翻出来的。他现在已是铁路公安分局的一个副局长了。当年打仗现在依然打仗，当然是和犯罪分子打仗，干正事了。

余凯看上去没什么变化，只是老了。这话像屁话，能不老么，至少是三十多年没见面了。但是我要说，漂亮的男人老得快啊，他的脸胖起来有些浮肿，他后来告诉我患有糖尿病。他依旧戴了一顶帽子，是那种导演戴的那种帽子，这让我立刻想起他当年戴着的军帽和军帽下的那条刀疤。时间真是要命啊，不费吹灰之力就把人搞成了这种样子。

他上来捶了我一拳，然后就抱住了我。我很久已经不习惯拥抱这个动作，我们每个人在正儿八经的生活中是很少拥抱的。我想起我们单位已经开始用电子摄像头控制上下班了，我们每个人都在自己的小屋子里办公，没事情很少来往。不要说拥抱，连直接说话的时候都越来越少，电话和电子邮件成了办公的主要方式，即使是在隔壁，也是如此。他的拥抱使我感觉很舒服，我们仿佛又回到了儿时，想起了那个每次都兵不血刃就凯旋而归的英雄余凯。

我们来不及说过多的话，同学们就围上来了，大家拥抱握手，满屋子的声音，那一刻我们所有的人好像一直就在一起，一直没有分开。但我们都清醒地知道，其实不是，我们的中间已经隔着长长的三十年了。

我总是感到余凯的脸上有一丝躲闪和警觉，这种警觉和躲闪是不由自主的，是从骨子里渗透出来的，也可能是我作为一个作家的多疑。

相聚见面的高潮过去了，大家纷纷落座，酒宴开始了。

局长安排的，自然是局长先讲话。局长的开场白很有特色，回首往事，展望未来，说的很有感情，最主要的是他把大家的感情都调动起来了。他最后说，喝酒，干！

群情激动，干！

然而，独独余凯没干，他说，不好意思，我不会喝酒。

所有的人都感到意外。那个从小就在坏人堆里混的人不会喝酒？那个有着英雄豪气的人不会喝酒？说死了也没人相信啊。

他说，真的，我不会。你们谁见我喝过酒？

的确没人见过，不光没见过他喝酒，这些年连人都没见过。

余凯大概感觉有些热，把帽子摘掉，居然是一头秀发，我忽然想起他的刀疤，明明是没有了。

余凯说，实在对不起，我有糖尿病。

大家有些扫兴，有些不开心，有些……

余凯赶紧搬出我说，你看，大家对我不了解，你替我说说话。

我说，我也不知道你喝不喝酒啊。

余凯说，我真的不喝酒，我现在连烟都不抽了。

我惊愕地说，烟也戒了。

他点了点头。

也许真的是无法了解了，隔着三十年，谁能想象谁的变化？他真的从来不喝酒吗？他为什么要戒烟呢？我看着眼前的烟雾缭绕，听着嘈杂的声音，感觉我们内心的遥远。

轮到我敬酒了，我说些什么呢？

我站起来想了想说，余凯是我最好的朋友，这些年他在外地发展，我们都很想念他，他也想大家，朋友不管在天涯海角，不管分别了多久，还是朋友，干杯。

我一口干了，嘴里有些苦涩。我给他到了杯酒，我说我知道你不喝酒，这杯放在你这，我替你喝了。

他好像有些感动，勉强喝了一口，还是把酒杯给了我。

那天我喝多了，还有几个人，包括局长。

他开始重新进入我们的生活。感觉上，他依然是一个很真挚的人，谁有病了，他会带上水果去看望；谁家搬家，孩子上学，老人过生日，都能看到他的身影，他依然是大哥的样子。可是我还是感觉有了变化，是那里我说不清。

最先对余凯有怀疑的是那天喝酒的一个同学说。他曾经神秘地对我说，我看余凯肯定有事。

我说，你什么意思？

他说，我说了你不要和别人说。他特别愿意和局长在一起，他们已经聚了好多次了，他肯定有求于他。

我认为同学是有些嫉妒，我说不会吧，他在外地工作，啥事用着局长呀，也就是买个火车票什么的吧。

同学神秘地说，我好几次看到他鬼鬼祟祟的在路上站着，他肯定有什么不可告人的目的。你没注意吗，他从来不喝酒，据说他原来酒量很大的。他现在好像是为什么事情回来避风来了。

他这样说，我对余凯的那种感觉又浮现出来了。是啊，我第一次见他时那种感觉是来自何处呢？他从来不是一个游移和害怕的人啊？这么些年他究竟是在做什么，我们无人知道，他也许从小就是一个善于隐藏自己的人，他的刀疤怎么来的我们不知道（现在又奇妙地消失了），他每次怎样击退对方的我们不知道，他从来就是个神秘的人。

有一天，我和局长在一起喝酒，是帮一个朋友办事。局长和我毫不客气，使劲地让我喝酒，我们喝了许多。

局长说，你不是喜欢写小说么？你写写余凯吧。

我说，余凯有什么好写的？

局长说，余凯是个通缉犯。

局长说完就有些困了，嘴里还嘟嘟囔囔，我该怎么办……我该怎么办？

局长很快就趴在桌子上睡着了。

第二天，我给局长打电话，问，你昨晚说的是真的吗？

局长问，我昨天说什么了？

我说，余凯是通缉犯吗？

局长立刻就不高兴了，开什么玩笑，余凯怎么能是通缉犯？是通缉犯我还能和他来往么？

昨天你是不是喝多了？局长问。

我想我可能是喝多了。

中度耳聋

有一天,妻子张罗着要领我去配个助听器,我这才感觉到我的耳聋问题的严重性。

我一直认为,我的耳聋应该从很久就开始了,小的时候我曾经得过中耳炎,虽然没有导致耳聋,但它肯定已经潜伏着什么了,后来的一切不过是那次潜伏的总爆发。

真正使我感觉到耳聋的是那次打靶。我在一家报社工作,或者用时兴的说法叫在一家媒体工作。我搞新闻的那年月,新闻工作很吃香。你想啊,全市就那么几家新闻单位,掰着指头都能数得过来,每个人都分管一片,时间一久,就有些垄断的意思,你管的那些单位有什么好事都想着你。恰巧那些年很流行打靶,一家企业搞民兵训练就通知了我。我一听打靶就兴奋,还带上了儿子。此前我并没少打靶,大多数用的是步枪,这次很出意外,给了把手枪。手枪可是当官的用的啊,咱也过过瘾吧。我问可以打多少发,人家说随便。好吧,随便,我自己都不知道我打了多少发,总之感觉到胳膊有些累了才罢手。

一切的放纵看来都是要付出代价的。放下枪我才感觉我的耳朵有些不舒服，一直嗡嗡作响。我说怎么搞的，耳朵嗡嗡的。他们说正常，刚打完枪都这样。

几天后，我问电台那位据说比我打的子弹还多的记者，你的耳朵怎么样了？他说没问题啊，一切正常啊。我说，我的好像不正常了，一直嗡嗡的。他说过两天会好的吧，我说但愿。但我的耳朵自此开始耳鸣，像钻进了许多东西，每天叫个不停，一直叫到现在。开始我烦恼透了，时间一长就麻木，只要走出家门融进嘈杂的环境中就感觉不到耳鸣，只有在很静的情况下才能有感觉。再后来就听着什么都有些吃力，再后来妻子就领着去了那个店里。

我那天可能心情不错，就答应了。我跟着妻子七拐八拐来到了一个助听器专卖店。我奇怪，这么偏僻的地方妻子也能找到？我觉得妻子好像事先来过，妻子的细心我是知道的。

进到店内，见一个又矮又胖的姑娘热情地过来打招呼，我妻子说昨天来过的，那姑娘立刻笑了，说，姨，是你啊。

我刚才想的没错，我妻子显然已经侦查过了。

先给您测一下，先生。那个矮又胖的姑娘说。我环视了一下，这小屋里就她一个工作人员，她让我进到一个有玻璃隔断的小屋子，两耳戴上耳麦，并交给我一个类似胶皮棒似的东西，问我，先测左耳还是先测右耳？这个我倒是没想过，我说我主要是感觉右耳有点问题。妻子在旁边大声地说，两个都测一下吧。

妻子历来喜欢占便宜，只要是免费的她从来不放过。

矮而胖的丫头司空见惯，很乐于这样做。她指了指胶皮棒命令我说，听到嘟嘟的声音你就按一下，明白吗？

在陌生的东西面前，你永远是弱智，只好听命于她。我匆忙点头，并试着按了一下，她说还没开始。她在外面调试着一台打字机似的东西，手里拿个本子，开始旋动旋钮。我立刻听到了耗子叫的声音，我连忙按了一下我手中胶皮棒。我接着就听到了各种声音，有耗子，有猫，有蟋蟀，当然还有我说不出名字的声音，好多的声音一会儿高一会儿低的，反复出现我在我耳畔。我有些紧张，有些无所适从，我想象着我在射击，每听到一种声音举枪就打，它们在我的射击下纷纷倒地，一片狼藉。这让我十分惬意。她则在外面不断地往一个本上记着和画着什么。

妻子在外面挤眉弄眼的，我不知道她在暗示什么，我无暇顾及。我得全神贯注，消灭那些动物，虽然它们只是声音，只是……我看见那个矮而胖的姑娘不断地往本子上记着什么，她是在记录我的打靶成绩吗？

那个矮而胖的姑娘终于开开门了，她把那个耳麦摘下去，又为我换了一个陌生的工具，这东西前后带掐，紧紧地锢住我的耳根，像是有人用大拇指按着我那个部位，然后，又是动各种动物的声音。我又得不断地去射击它们，我正机械地射击上瘾，姑娘再次开门，她把那些枷锁从我耳朵上除去。我有些没尽兴地问，完了？姑娘点了点头。

她把那些打印的纸张给我看，原来是一条曲线，那条曲线曲曲弯弯，表明着我的听力吗？

姑娘说，你的耳朵听力损失已经比较严重，其实你两个耳朵都有问题，只不过你的右耳朵更严重一些。

妻子立刻凑上来，问，那两个耳朵都需要配上吗？

胖姑娘说，那不用，他右耳朵配上就能起到矫正作用。

还好，她还不是昧着良心的人。

要多少钱呢？妻子立刻提出了我们最关心的问题。

胖姑娘立刻说，多少钱的都有，我们这里是品牌专卖店，是专营某某某和某某某的，中高档都有，价格从二千到五千，都是数字化的，还可以做成耳蜗型的，放耳朵里看不出来。"

别看胖姑娘个子矮，声音却很洪亮，她说的每一句话在这个小屋子里都有些共鸣声，我刚从那些动物们的声音里解脱出来，听她的声音就好像蛙鸣。清脆而响亮。我妻子狠了狠心说，最好的多少钱？这回一下子说到了本质问题，"青蛙"高兴了，她故作不露声色地说，最好的是智能的，价位在五千左右，它能自动感知和矫正你的耳病。妻子连忙问，打折吗？妻子的全部智商全在这里，其实，打折是最糊弄消费者的手段之一。

"青蛙"立刻说，八五折。

妻子立刻没了动静，她低头算算，这也还要四千多啊。

"青蛙"见妻子面露难色，连忙说，让这位先生先试一试，许多人对这东西不适应。

"青蛙"笑一笑，遂又成了那个矮而胖的姑娘。她拿了一个助听器先戴在自己的耳朵上，看上去像别了一个耳麦，很小巧，和我过去看到的助听器不一样。她在电脑上调试，嘴里说着"一二三，一二三"的，她说话的语速好像在往外吐瓜子壳一样。在说了许多"一二三"之后，她确认可以了，就把那个耳麦转移给我。她说，你试试，开始肯定不舒服，你不要去听外面的声音，外面的声音太杂，你感觉不准了。

我的耳朵里立刻充满了声音，是那种扬声器或者扩音器混杂在一起的声音，我立刻感觉很刺耳，我忽然发现我已经不适应正常的声音了。

我立刻决定，这种东西太对现在的我来说，已经太失真了，就是打多少折我也不配了。

散局之后

这四位大娘每天固定到这个麻将馆来,天天包一桌,外人一律不带。从上午九点开始,中间吃一顿午饭,下午再开一局,然后收工回家,啥也不耽误。每天都准时,不过今儿个有点意外,有一个人没来。

目前等人的三个老太太分别是李婶、郭婶、白婶,没来的那位呢,是何婶。按照定好的点,何婶显然已经迟到了。何婶是老大姐,一直很是威望,很有表率,今天不知为何没来。不仅没来,电话都没来一个。这就让人生疑,这样的年龄还能怎么想?她们就有些担心,不约而同地想,何婶是不是有病了?虽然她们也都不愿意这么想,可是这把年龄了哪能不让人这样想?

于是,带着小灵通的李婶掏出电话往何婶家挂了一下,接电话的是何婶,看来何婶没啥事儿,要不咋这么痛快?何婶接起电话立刻道歉,说,哎哟喂,瞅我这记性,我给忙活忘了。

李婶说,忙活啥呢,定好的事儿都给忘了。现在就等着你呢。

我今天不去了,何婶说,我今天上老年大学报到去。

啥?李婶没听明白,说你啥,你上大学?

何婶在电话里笑着说，是啊，儿子给报的，老年大学，让我去学画画，我得准备准备。笔墨啥的儿子都买了，可我咋也得先练练笔啊。

哦，李婶不情愿地撂下电话。

李婶说，人家不来啦。

郭婶白婶连忙问，咋不来了呢？

李婶说，人家上老年大学了。

郭婶白婶面面相觑，她都多大岁数了，还老年大学？

三个人都有些不是滋味，明白了，何婶不来了，何婶去念老年大学了。真是说不出的滋味啊，照理说要念老年大学也得她们去啊。刚才说了，四个人里顶数何婶最大，居然是她要去念老年大学？呵呵，怪事。呵呵，笑话。但是她们又想了想，何婶的确比她们都优越，何婶家里没有任何负担，何婶的姑娘在北京嫁了个领导，虽然不是中央委员什么的，比不了人家谁谁谁，也毕竟是在部委上班的，儿子在本地开买卖，孙子也上学了。

这样一想，大家就更不是滋味了。想一想何婶平时的大方，想一想何婶平时的气度，就觉得何婶不来，这麻局简直进行不下去了。人家何婶的儿子每个月给她一千块钱打麻将，能比么？可是，她却不来了，老年大学了。喊，老年大学是个什么东西？

三个人枯坐了一会儿，都觉得无趣，就散了。

白婶先走的，白婶说，我得去接孙子呢。

李婶说，别人让我给弄个手机号，我去找我儿子要去。她的儿子在网通公司，那个小灵通就是儿子给的。

郭婶伸了个懒腰说，我回家做饭去。

这些人先前都是无事的，现在她们就显得各有各的事情了。

白婶回到家里，老头子早把孙子抱走了。白婶看着空荡荡的屋子，就觉得不舒服。很长时间以来，打麻将成了她固定的生活方式，她甚至不知道不打麻将她能干点什么。她在屋里转了转，觉得屋子该收拾一下了，就拿起拖布，拖布有些干燥，成了一坨，看来是好久没用了。她立刻觉得到处是灰，肮脏得要命，想一想自己可能已经坐在了垃圾堆里很久了，立刻就有些受不了了。

李婶呢，李婶其实也就是说说而已，她只是走到了那个转盘，从那里她就往家拐去。她才轻易不会给儿子出难题呢，现在要个号多费劲啊。她真的只是说说，她只是想让别人知道她的儿子在网通公司而已。

郭婶哪里有饭要做？郭婶去年就死了老伴。别人都说忙，她也不得不这么说就是了。

三个老太太，有什么忙的呢？

从厂子里出来

娟子在后面跟着车走,走得踢踏踢踏的,很累的样子。爸爸在前面拉车,车是空的。爸爸就说,你要是累了,就坐车上吧。娟子说,不累,就是鞋不跟脚。爸爸说,你坐上吧。爸爸把车停下,娟子就坐上了。

鞋真的有些不跟脚,妈妈每次买鞋都是这样,总要给她买大几号的鞋。妈妈说,你是老大,省着点穿,还有弟弟妹妹接着呢。娟子知道妈妈是为了省钱,她也想让弟弟妹妹穿她穿过的鞋,可是不成啊,鞋还没穿半年就张嘴了,从里面露出爸爸用牛皮纸做的鞋垫,像一个舌头露在外面,呼哒呼哒的。她想拽出去扔掉,又怕爸爸说她。爸爸做什么都要用厂里的东西,她和弟弟妹妹的练习本是用厂里的纸订的,他们的书皮是用厂里的牛皮纸包的,他们家的炕上铺的是纸,柜上盖的也是纸。外人看了肯定觉得奇怪,怎么到处是纸呢?厂宅里的人是不觉得奇怪的,造纸厂嘛。

今天他们就是去厂里拉板皮,这是纸厂工人的待遇,一年四车。煤是定量供应的,多数人烧不起块煤,都脱煤坯,煤面子掺上泥,兑上水,脱得满大街都是。你要是到造纸厂的厂宅,就看不见了。你看到的是家家户户小棚子里的刨花和板皮，一年四季也烧不完，有的双职工还要把柴火送给亲戚朋友。娟子家只有爸爸一个人在造纸厂，他们的柴火不够烧，但爸爸总有办法。

娟子坐在车上看自己的鞋，鞋坏了之后显得又扁又大，是那种黄胶鞋，也叫解放鞋。没办法，妈妈还指望着她穿过的鞋弟弟们穿呢。真正的解放鞋是人家解放军穿的，那鞋肯定结实。娟子穿的这种是仿造的，遍地都是，表面上结实，实际上很糟，鞋面布与胶的结合处被汗一渍，很容易断裂和开胶，娟子的鞋现在就是开胶了。娟子想和爸爸说说鞋的事，这时候爸爸的车已经进到厂里了。

厂里的门卫和爸爸很熟，说，拉柴火啊？爸爸点了点头。门卫走近爸爸贴着耳朵说，今天查得严，注意点，两道岗呢。爸爸点了点头，说知道了。

娟子没注意他们说什么，娟子只知道这个门卫叫天癸，平时一脸的严肃，只有上他们家喝酒的时候会笑一笑。他喜欢摸娟子的头，但娟子一点也不喜欢自己的头被陌生的人摸。他看见娟子，说娟子来啦，给娟子的感觉他好像又要过来摸自己的头。娟子有些紧张，好在他终于没有过来。

进到厂里，娟子回头望了望说，爸爸，我不想让天癸叔摸我的头。

爸爸说，他不是没摸么。

娟子说，他一喝酒就摸。

爸爸说，那不是喝酒了么。

娟子固执地说，他刚才又要摸呢。

爸爸有些不耐烦，他不是没摸么，摸一摸有什么要紧呢？

娟子见爸爸有些生气，就不说了。

他们是到原木场那边拉板皮，原木场的木头太多了，一堆一堆的。有带着树皮的木头,也有光溜溜的木头,它们分别被摆在不同的地方。在娟子看来,扒过皮的木头好像被脱了衣裳,整齐地摆放在一边,在阳光下明晃晃的。而没有扒过皮的木头有些散乱,许多妇女就蹲在那些散乱的木头上扒树皮,只有扒了皮的木头,才能作为造纸的原料进入化浆车间,所以纸厂的人总有烧不完的柴火。

装树皮要自己装,能装多少装多少。他们自己装了满满一车,都上尖了爸爸还在上面踩。厂里规定是一车,一车的概念就是,只要你的车能装下,装多少没人管,管的是不让装原木和板子。从原木材厂出来的时候,果然遇到几个人检查。这几个人爸爸都不认识,他们的样子一看就不是本厂的工人。他们虽然也穿着工作服,但他们的工作服是新的,没有污迹的,没有污迹的工作服还能叫工作服吗?不过,厂子里的人都知道,凡是穿没有污迹的工作服的,都是在厂子里耀武扬威的。

他们每个人都戴着执勤的袖标,拿着长长的钎子。估计是原木场的人,只有原木场的人是外雇的临时工,厂里这种得罪人的事情都是让他们做。爸爸赔着笑说,我这都是树皮。一个胖子说,是树皮我们也要看看。他们就车前车后地转了转,还用钎子上下左右地捅了捅,然后开玩笑地说,你可真能装啊,赶上小汽车了。爸爸笑一笑说,好不容易拉一回,谁不想多装点。他们说,你这赶上小山了,能拉动么?爸爸说,能,能,还有我姑娘呢。他们就哗地笑了,说,还指望你姑娘?爸爸说,我姑娘有劲呢。他们看了看娟子,说,这小姑娘挺漂亮啊。娟子最讨厌陌生人夸她漂亮,她认为只有爸爸妈妈可以夸她漂亮,陌生人是不能夸她漂亮的。

娟子的爸爸打着哈哈和那些人再见,然后就拉着车走。车一下子变得沉重了,娟子也是觉得爸爸装得太多了,真的像一座小山。

娟子在后面推，车子很不情愿地动弹着，发出咯咯吱吱的声响，好像缺油了。

走着走着，爸爸突然停住了，爸爸说，娟子，你在这里等我一下，我去去就来。娟子不知道爸爸去干什么，就在边上坐着等。她坐在道边上的柳树下，柳树的阴影很凉爽，远处是工厂的办公大楼，有人在那里进进出出。近处的花坛上开着一些热热闹闹的红花，一串一串的，有蜻蜓在那儿飞来飞去。偶尔有人从柴车旁边走过，都要好奇地看上一眼，大概都是觉得这车柴火装得太多了。他们没有注意坐在那里的娟子，因为和这车柴火比，娟子显得太渺小了，何况她还是坐在阴影里。

娟子觉得等了老半天，爸爸才从车间那边出来，娟子发现，爸爸的腰变得鼓鼓囊囊的。爸爸拉起车说，走，娟子。

娟子说，你干什么去了？这么长时间。

爸爸说，你别问。

娟子就不问了。

他们走到厂门前，天癸过来了，天癸说，你真能啊，装了这么多，全厂只有你能把车装成这样，倒是大能人啊。爸爸呵呵笑着说，多拉点是点。天癸看了看爸爸，目光盯在了爸爸的腰上，走过来拍拍爸爸的腰说，行啊。爸爸就有些尴尬，说，只有你能看出来。你的眼睛真毒。天癸说，我可什么也没看出来。

天癸走到娟子面前，摸了摸娟子的头说，这丫头真好看，将来给我做儿媳妇吧？

爸爸笑着说，那敢情好。

娟子的脸热热的，胸很闷，闷得难受，她感觉放在头上的那只手很重，重得像磨盘一样压着她。

娟子想，我才不给你做儿媳妇呢，我还要念书呢。

好在天癸很快就把手拿掉了，他过去把大门打开。他们的车吱呀吱呀地动了起来，从天癸面前走过，从厂子大门里出来。

出了厂区，爸爸说，娟子，你知道爸爸拿了什么？

娟子没吭声。

爸爸说，我给你们拿了好多的纸呢，这回可以用上一阵子了。

娟子还是没吭声，她感觉是有泪流了下来。她不知为什么，她只是觉得委屈，觉得难受，她还在想着那只摸她头顶的手。

爸爸见娟子半天没动静，就回头看了看，他看见娟子好像哭了。爸爸停下车关切地问，娟子，你怎么了？

娟子说，你不能答应给他做儿媳妇啊。

谁？爸爸好像已经忘了。

我讨厌天癸叔的手，他一摸我我就害怕。娟子说。

哦，爸爸说，怕啥哩，又不丢什么少什么。

娟子说，他要我给他做儿媳妇呢。

爸爸说，个鬼，他想的美，做梦呢。

娟子说，你千万不要答应他。

爸爸哈哈大笑起来，笑得前仰后合，他说，我怎么能答应他呢？他是个什么东西，我怎么能答应他呢？

作风问题

我们谁也没有见过王存他爸,但都知道他爸是铁路医院的,也都知道他爸长得很漂亮,因为他们家的孩子个个漂亮。王存是老三,老大是姐姐,老二是哥哥,老四是妹妹。老大不用说了,要不是王存他爸有作风问题,早就被文艺团体要去了,这事我们都知道。

那时候出名的文艺团体一般都是部队办的,什么总政啊,二炮啊,战友啊,前线啊,经常来我们这里招人。我们这里的几个小学在全市都是很有名的,出过唐敏那样的大舞蹈家。但是,家庭有问题的人部队肯定是不要。据说连总政的都相中了,最后一了解还是放弃了。这使老大王玲从此自暴自弃,穿上小白鞋出去在社会上混,在我们那一片成了有名的"马子"。而王存他哥哥已经从小就学坏了,成了远近闻名的"小提溜",就是小偷的意思,专门掏人家的兜,据说他技术很高,从来没有"掉脚"过。我们和王存玩的时候,王存的哥哥就经常凑过来,在我们这些小孩身上做实验,他不是一会问这个那个丢了什么,就是从背后拿出一样东西让我们看。大家一看,有的就恍然大悟,直拍脑壳,才知道是自己丢了东西,就都知道了王存的大哥的厉害。王存的大哥总是笑嘻嘻地把东西还给人家，他从来不偷我们的东西。王存说他哥哥是有规矩的，他哥哥只是拿我们练习一下。大家都知道，王存的哥哥最像他爸，我们由此推断他爸爸漂亮，因为王存的妈妈一点都不漂亮，在我们看来，王存的妈妈简直是有些丑，她很矮的个子，罗圈腿，还有些胖。那时候女人是很少胖的，不像现在动不动就得减肥。但王存的妹妹长得很好看，他的妹妹和他是同学，也就是和我们是同学。这话说着有点绕，但事实就是这样。王存体育方面很有天赋，他喜欢跑步，喜欢滑冰，很小就上了业余体校。因为体育好，学习就跟不上，我们读三年级的时候，王存就从三年级起和我们重读，他的同学那时候已经毕业了。王存长得有些像他妈，他大大的脑袋，脸有些圆，眼睛也是很圆的，眉毛有些短并和眼睛分得很开。但王存觉得自己像他爸爸，他总爱把眉毛往上挑，手在前面一摆，架子步一端，做一个样板戏里的英雄造型，比如杨子荣、郭建光，很像的。但大家更愿意说他要是有机会演胡传魁更像。王存当然不喜欢胡传魁，他说我怎么能演草包呢，我明摆着是英雄形象么。大家说，你家庭有问题啊。他就默不作声了。开始的时候，他还要脸红一红，时间久了，再谈到类似问题，他就急扯掰脸地说，我爸是我爸，我是我，地富反坏右子女还要给出路呢，我怎么了？我又没犯错误。我们也知道他说得对，可是我们就是不愿意承认，为什么呢？我们认为是因为他妹妹太漂亮的缘故，我们都嫉妒他有一个漂亮的妹妹。王存的妹妹的确是长的太漂亮了，我们那片淘气的男孩子虽然都对她想入非非，但一想到她姐姐，他们就打怵了。而我们就更不敢接近了，这样一来我们就愿意作践王存以引起她的注意，每当看见王存的妹妹——那个叫王静的女孩，王存就要倒霉了。我们说，王存，你有家庭问题。我们故意声音很大地说。我们其实是说给王静听的，可是王静连看都不看我们一眼，从我们面前昂首而过。更糟糕的是，王存那个驴子一点都不懂，他使劲嚷嚷着，要和我们拼命，他觉得是在妹妹面前失了面子。等到王静过去了，我们都没了兴趣，就开始安慰王存，说我们是开玩笑的。一旦我们要求他给我们表演一下英雄人物，王存就高兴了，手一端，腿一弓，忘乎所以地给我们表演起来。我们不得不承认，王存的表演还是有些像的，我们就说王存早晚是要演英雄人物的。这样一说，王存就高兴了。

　　我们其实对王存爸爸的情况一点都不了解，我们只知道他犯了生活作风错误被判了刑，好像不是十年就是八年，显然问题是很严重的。我们知道的都是皮毛，大人是不会和我们说的，我们掺杂了一点点猜测。我们小时候对大人的事情主要靠猜测，不像现在的小孩子什么都懂，据说从幼儿园就开始研究哪个女孩漂亮。我们那时是不研究的，我们全凭感觉，只要哪个女孩漂亮，她如果从我们面前走过，不知是谁先起的头，我们就要不由自主地起哄。我们自己都不知道是为什么，女孩更是莫名其妙。她们往往吃惊地望着我们，要么逃掉，要么骂我们流氓，也有软弱一点的，就放声大哭，这是我们觉得最没劲的。我们对待王静就不同了，我们从来不敢起哄，没有王存的时候，我们只是呆呆地看着她走过去，我们你推我一下子我推你一下子，就是不敢出声。有王存就不一样了，我们就愿意捉弄一下子王存，我们好像是愿意看王存急扯掰脸的样子，但王静一走过去我们就和王存和好如初。

　　我们曾经问过王存，你爸犯什么错误呢？王存也说不清楚，他只说是他爸和单位的一个护士好上了，让那个护士的丈夫给告了。但我们听说的和王存说的不一样，我们听说的是王存的妈妈去告的。王存的爸爸妈妈都工作在我们铁路医院，王存的妈妈是主任，据说正因为王存的妈妈是主任，王存的爸爸才成了王存的爸爸。也就是说王存的妈妈是王存爸爸的上级，那时候上下级的关系是很分明的。奇怪的是，王存爸爸出事后，王存的妈妈也被撤了职，当了普通的医生。所以在我们看来，这一切就是个谜。

我们很快就不怎么关心王存他爸的作风问题了，因为那时又有很多需要关心的问题了。我们楼里被揪斗的越来越多，尹玉的爸爸成了逃亡地主，小亮家据说被红卫兵抄出了一把战刀，还翻出了日本军服，没想到小亮他爸一个火车司机居然是日本特务。连周大头的爸爸也被打倒了，原来他看电影看体育比赛都不花钱，文化宫和体育馆好像他家开的似的。这回好了，一栋楼里没几个好人了。

在我们快要忘掉王存的时候，消失了很长时间之后的王存又出现在我们面前。那时正是冬天，他戴着一顶令我们羡慕的军帽，是单军帽，要知道那些年是很冷的，但那些年有单军帽的都是冬天戴，耳朵上吊着一个白白的口罩，看上去很是精神。王存和我们打着招呼，我们问他干什么去了，他说送她妹妹去了。我们说，你妹妹上哪了？王存说，我妹妹上部队文工团了。我们这才想起来，是很长时间没有看见王存的妹妹王静了，怪不得他这么牛呢？我们纳闷，那他爸爸的问题不是问题了？我们指出，你爸有作风问题呢。王存仰着脸说，我妈早就和我爸离婚了，我已经不姓王，我姓赵了。我们明白了，怪不得他们那个门洞总进进出出一个陌生的人，那是一个像瘦猴子一样的男人，很老气的一个人。我们也曾看过王存的妈妈和他一起走出来，但我们没想到他们是这么回事。王存说，以后啊，见我别叫王存啊，谁叫我我和谁急啊。我们点了点头，我们看着他转身走去，我们这回感觉他真的有点英雄的样子了。

王静走了使我们感到很失望。王静走后不久，王存也参军了，当然，这时应该叫他为赵存了。赵存据说是因为跑得快而参的军。那时候部队都喜欢文艺体育人才，他们都是把学校里的尖子选拔走了。赵存穿上新兵服特意出来和我们显一显，我们觉得他的衣服有些大，不怎么合身，我们再一次指出他的毛病，赵存照样不接受，他说，你们懂个屁，穿穿就紧了，军装大点才好看。

不过，我们觉得军装确实好看，穿在谁都身上都好看。

我们听说赵存在部队打死人是许多年以后的事儿，据说被军事法庭判了死刑。原因很简单，一次打靶训练中，赵存和班长不知何故发生了小小的摩擦。争吵中班长自以为说了一句最有分量的话，那句话就是，你爸有作风问题。赵存脸立刻白了，赵存说，你爸才有作风问题了。我爸有什么作风问题？班长笑嘻嘻地说，你别跟我急眼，你当我不知道啊，你爸蹲了监狱，你妈是后改嫁的。你连姓都不敢姓你爸的姓，赵存嗷的一声把枪一顺就顶上去了，什么都来不及，枪就响了。

这班长是够讨厌和缺德的啊，那都什么时候了，还提这码事儿。

经　过

进步女青年进来的时候，将军正在看书。将军是个喜欢看书的人，他不管走到哪里都带着许多的书，这些书经常摆满了他的住所和办公的地方。因此，尽管戎马，将军还是经常写诗作画。

这是1946年的冬天，天气奇冷。日本人投降后，这个北方的城市国共两党都在争夺，将军是共产党的公开代表。

看得出，进步女青年对将军很崇拜。她的脸红红的，身上带着寒气。整个身体裹在一套合体的制服里，看上去是很朴素的样子。将军是在几天前的一次会议上认识她的，那时候将军刚刚讲完话在休息间休息。女青年和许多的人走过来，他们好像都对将军的讲话很感兴趣。女青年当时看上去很腼腆，她尽管躲在一边，将军还是注意到了她。后来等大家都走了的时候，她还是没有要走的意思，将军和蔼地冲她招了招手，问道，你有事吗？

女青年这才嗫嚅着简单对将军介绍了自己的情况。她说自己是一个大学生，是个进步青年，她们虽然对未来充满了憧憬，但她们不知道解放了能干些什么事，因此她是受几个朋友的委托来请将军有空的时候给她们作一个形势报告。

她补充说，我们知道将军很忙，不好意思打搅。

将军连想都没想就答应了，对这样要求进步的人你还能不答应么？何况还是这么漂亮的一个女青年的请求。

现在，进步女青年就是来请将军的。事实上将军对这件事已经有些后悔了。这些日子不断有坏消息传来，一些特务分子对新生政权的破坏和捣乱，搞得他有些焦头烂额。将军对打仗倒很内行，对管理城市还缺乏经验。他喜欢战场上面对面的厮杀，不喜欢这种看不见对手的斗争。

但是，他还是在进步女青年的强烈要求下答应前去。进步女青年很高兴，她说，将军果然言而有信，我相信大家肯定会为和将军相识而感到万分荣幸，因为大家对将军仰慕已久。

进步女青年说起话来娇滴滴的，用的就是我们常在旧电影里听到的那种女播音员的声音。

将军笑了，将军说，好好好，不要夸我了，我这就去。

在将军眼里，进步女青年还是个稚气未褪的女孩子。尽管他的年龄也不是很大，但他已经习惯于把许多人都看成是孩子。

进步女青年以无掩饰高兴的神情说，那太好了。

如果将军这时候注意一下进步女青年的表情，将军肯定会起疑心，可是恰恰这时电话铃响了，将军就失去了一次极好的判断机会。

将军放下电话，重新注视着女青年，他看见女青年竭力端正地坐在沙发里，乌黑的头发被烫过，卷曲在肩头，像盛开的黑牡丹。将军刚想继续说点什么，这时，有人敲门。

将军有些不高兴，他最讨厌他有事的时候被人打搅。将军皱着眉说，进来。

进来的是警卫员，警卫员是进来给客人倒水的。

警卫员进来后习惯地看了一眼来人,他注意到,这个女人这段时间经常来找将军。他挺讨厌这个女人,尽管将军很喜欢,但他还是讨厌。他总想找机会对将军说说这个女人,她太妖冶,一看就不像好人。当然,他只是感觉,为什么不像,他也说不明白。让他想不明白的是,将军那样精明的人怎么就看不出来呢?

但警卫员什么也没说,他看出将军正在兴头上。

警卫员退出后站在门外想,对这个女人应该有所防备。

将军和女青年出门的时候,并没有让警卫员跟着。警卫员有些不知所措。他本来想好的话就没法和将军说了。他吞吞吐吐地说,将军,用不用我和你一起去。

将军连想都没想就说,不用。

这样一来,他就不好再说什么了。

将军旁若无人地从他面前走过,将军炯炯有神的眼睛望着进步女青年,将军的笑声很爽朗。

警卫员眼睁睁地看着他们消失在远处。

将军随着女青年走在街上,不断地有人和将军打着招呼。

女青年比将军要矮许多,因此女青年在同将军说话的时候就不得不仰着脸。这使女青年看上去,真的像是一个跟在将军身边的孩子。

女青年仰着被寒冷冻得通红的脸说,这么多人都认识您呀?

将军以为女青年这句话是有潜台词的,他认为她不喜欢他们这样暴露在大庭广众之下。其实,将军也正有这样的想法。

将军就说,那我们选择一条僻静的路吧。

进步女青年脸上露出不易察觉的笑,她竭力抑制着。

她说,好的。

事实上,将军已经注意到了她的笑,她笑的时候眉宇一动,脸上有浅浅的酒窝。这样的笑看上去天真而又生动，像花儿开放一样。将军注意到这个女子的笑很妩媚很动人，这让将军很高兴，也很放松。将军当然不会想到别的。

大地上铺着厚厚的雪，踩在上面咔吱咔吱的。这个冬天奇冷，将军是南方人，他很喜欢北方的雪，他没有想到雪会下得这样壮观。将军的及膝皮靴走在雪地上，一步一个巨大的脚印。

将军看着哈气在进步女青年的脸上笼罩着，他已经喜欢上这里的冬天了。冬天使这座城市充满了魅力。

进步女青年好像有些紧张，她急急地在前面走，将军要大步才能跟上。将军已经注意到这一点（由此可见将军是一个细心的人，事后人们怎么也想不通将军为什么会如此大意），但他认为进步女青年是和他走在一起，才产生的紧张，越是这样，他对她越有好感。他觉得所有和他在一起的人，都差不多有些拘谨和紧张，这不奇怪，他已经习惯了他们的拘谨和紧张，他甚至习惯了他们的恭维。

将军跟随着女青年走在巷道里，这是四十年代随处可见的那种巷道。巷道七扭八弯的，没头没尾，到处贴着过年时留下的福字。将军觉得这些巷子毫无特点，远没有他的家乡那些巷子规范而有韵致。

后来，进步女青年说，到了。

将军注意到了，他们是站在了一个古香古色的庭院门口。

朱漆大门开着，庭院里有两棵枯干的海棠树，枝上落着细微的雪，不细看是看不出来的。小径上铺着青砖，落过的雪已经被扫得干干净净，有几只麻雀在上面蹦蹦跳跳，四周静极了。

将军突然有一种不祥的预感，这种预感本能地爬了上来，从他的后背，像蛇一样，冰凉冰凉的。多年的军旅生涯使他保持了特有的警觉，将军习惯地摸了一把腰间，他这才发现由于出来时走得匆忙，居然没带手枪。这让他略略有些紧张和不安。

将军问，这是什么地方？

进步女青年笑着说，这是我的家啊。

她的笑使将军有些放松，将军想，自己是不是有些过于神经质了。

女青年说，请进。自己顾自先走了进去。

将军跟着走了进去。

将军当然不会知道，他刚刚出门，他的警卫员就跟在了后面。警卫员不是要故意跟踪将军，而是他发现这个女人的行为有些古怪，他看见她在等候将军的时候站在走廊里吸烟，那吸烟的姿势太过于职业化了。她的眼神也有些鬼鬼祟祟的。进屋前，她慌慌地扔掉烟头，还把手套戴上，这让警卫员觉得她是在有意伪装自己。作为警卫员他不得不对这样可疑的人抱有警惕。因此尽管将军没有让他去，他还是不由自主地跟了出去。

警卫员看见将军和那个年轻女人走进一户深宅大院，就没往前去。他躲在墙角警惕地望了望四周，四周静得吓人，一点声响也没有。警卫员刚把手按到枪上，脑后就挨了重重一击，警卫员顿时失去了知觉。

打他的人在确认他昏死过去之后，低声骂道，他他妈的居然还带警卫员来了，亏得我们想得周到。

这几个黑衣人动作敏捷地向那个大院围拢去。

将军坐在一张八仙桌旁。屋里有些阴暗，所有的窗户都糊着窗纸。黄黄的窗纸好像被油浸过一般，隐隐地能看见夹进去的麻线。将军觉得有意思，北方这种习俗很有意思。果然是窗户纸糊在外。

进步女青年给将军倒了一杯水，将军说，他们呢？

女青年说，马上就到。您先喝水吧。

将军一饮而尽。将军很快就觉得头晕目眩,他觉得翻江倒海,想要呕吐。

将军觉出了什么,他喊道:小关,小关。

他在喊他的警卫员。

女青年匆匆跑进屋来。女青年看见将军正痛苦地捂着腹部。

俄顷,将军把一口血喷到了墙上。

将军说,妈的。

将军这时候已经说不出什么了,他目眦尽裂,感到一阵阵晕眩像海浪一样袭来,很快就把他淹没了。但将军的心里很清醒,他恨自己聪明一世,糊涂一时,居然毁在了这个不起眼的女特务手里,他真想大骂她一通,可是,已经晚了。

女青年这时露出了狰狞的面目,她那红红的脸蛋变得苍白起来,她声嘶力竭、惊恐万状地喊道,倒了,他倒了。你们快来啊。

那些特务从几个不同的地方冲进屋里。

将军已经死了。他瞪着眼睛坐在那里,几个特务吓了一跳。

女青年说,他已经死了。

一个特务大着胆子走过去,推了将军一把,将军的身躯才轰然倒下。

骗术一例

我和妻子正在家里看电视,我的手机响了,一个古怪的声音响起,我听着很费力。南方的口音对我来说,大致相同。

喂,老郝,你猜我是谁啊?

这个人挺有意思,上来就让人家猜。

我说,你是哪位啊?

连我的声音你都听不出来了?你南方的朋友还有哪个?

我一想,我南方的朋友的确不多,但我还不能够认定是哪个。

猜一猜啦,广东福建那边的啦。

福建?我立刻想到了潘向东。就说,你是老潘?潘向东?

是啦是啦,我就是老潘啦。

我惊喜得大叫,哈哈,老潘,你还跟我玩这个?

对方说,我现在在四平,明天到你那儿去。

我已经欣喜若狂,连忙说,好的好的。一想起,明晚我还要上北京,连忙叮嘱他,我晚上要去北京,你最好上午过来,我们喝点酒。既然你大老远的来了,我咋也得接待一下。

对方说,好好好,我明天上午一定过去。

电话撂下,我想起应该和桑老说一下,因为我认识潘向东还是通过桑老。桑老接起电话,有些意外。他是个认真的人,他说,明天下午一点我还有课。要真是他来,我得把课串串,或者就不上课了。

嘿,率性的桑老!

不一会儿,桑老打来电话。他说,出了点小问题。我说,什么问题?他说,我刚才给潘向东打电话,他说他根本没来,他在福州喝酒呢。

我一想,不对啊,刚才这个人明明跟我说他是潘向东,怎么就不是了呢?

挂了电话后,我出去走步。边走边想,想明白了。

这可能是个骗局。我立刻想起儿子去年夏天和我说过的事情,大体就是这样的事情。一个人让他猜是谁,也是广东的,他猜了半天,说了一个人的名字,对方也说对对对,说他已经到北京,想要见见面。因为时间太晚了,当天就不见了。第二天,他又打来电话,说昨晚一起喝酒,同来的朋友嫖娼被公安抓住了,要儿子帮助打一些钱,救一下。儿子很鬼道,立刻识破了骗局,还把那个骗子骗去开了新户。

我想明白之后,和妻子说了。

第二天,果然电话又来了。他第一句就说,我是潘向东啊。

这家伙,记忆力倒是好。

我嗯嗯啊啊地和他周旋,他不知是计,接着演戏。果然和儿子说的那件事如出一辙,什么昨晚去夜总会,喝了很多酒,最后领小姐去开房,朋友被抓了。如何如何。

我当然接着演戏,我对他表示了同情,也同意为他筹钱。最后,当我提出如何给钱的时候,对方的一句话让妻子很反感。对方说,你可以送来。我说，那么远怎么送啊？妻子在旁边当啷一句，你傻啊？去了把你绑架了呢？她太关心我了，一下子露馅了。

我不得不说，算了，咱们别闹了。

那边顿时把电话撂了。

我放下电话，有些懊悔，这猫和老鼠的游戏还没玩到正地方呢，就让妻子给打断了。

后 记

我是个小说作者,既写长篇,也写中短篇,偶尔也写点小小说。

其实,本没有小小说这一说,小小说不过是体现短篇之短,就是字数少点罢了。

小小说其实是挺难写的,在有限的字数里要把故事讲好不容易,比如大作家马克·吐温写出的《丈夫支出账本中的一页》,全文只七行字,却具有长篇小说的情节:

招聘女打字员的广告费……………………(支出金额)

提前一星期预付给女打字员的薪水……(支出金额)

购买送给女打字员的花束………………(支出金额)

同她共进一顿晚餐…………………………(支出金额)

给夫人买衣服………………………………(一大笔开支)

给岳母买大衣………………………………(一大笔开支)

招聘中年女打字员的广告费……………(支出金额)

它给我们提供了巨大的想象空间,我们可以任意填充想象内容,小小说也可以说是给人提供想象空间的艺术形式。日本作家星新一是小小说的倡导者和实践者,他的许多小说具有经典意义。我国作家也创作出许多经典的小小说，比如汪曾祺的《故里三陈》，其中的每一篇都可以作为典型的小小说来读。我个人特别喜欢陈小手那篇，结尾的那一枪简直是神来之笔，让人拍案。

我们这个时代是个匆忙的时代，更需要短而精的东西，这也为小小说的畅行提供了很好的背景。

特别感谢陈武先生相邀，促成了此集，使我得以把我的这些小说收拢在一起，让读者看看，愿大家喜欢。我自己也借机重新看看，得失自知。

此为后记。

作　者
2013 年 4 月 12 日于吉林家中千石斋

怀念郝炜

李建军

3月19日中午，突然接到好友何尤之的电话，他吞吞吐吐地说，你的好朋友郝炜出事了，生命垂危。他是在一个博客里看到的消息，让我也上网看一下。

我震惊，头脑里一片空白。因手提电脑放在办公室，便揪着心匆匆赶过去上网。打开尤之发过来的网址，是"沈阳秋泥"转"龙之心"的博文：告博友，吉林作家郝炜生命垂危！

2月25日晚8时许，郝炜在回家途中，走在斑马线上，被一辆出租车撞倒。120拉到医院后，一直昏迷不醒。至3月10日，病情急转，发生大面积脑梗，甚至侵入脑干，瞳孔已经有些放大，依靠呼吸机、注射蛋白维持生命。医生说，事情似乎不可逆转……

"龙之心"和"沈阳秋泥"发文祈祷，愿上天垂怜英才，助郝炜渡此难关！

看过博文，看着郝炜微笑慈和的照片，我的泪水不自觉地流出来，与他相处时的情形历历在目……

我和郝炜是1986年相识的。当时，连云港刚刚被国家批准为首批十四个沿海开放城市之一，向全国广纳贤才，郝炜就是这个时候被招贤，从东北名城吉林举家来到连云港的。他原是《江城日报》的记者，到连云港后，在市电台做编辑工作。

那年我刚二十出头，狂热地迷上了文学。郝炜长我八岁，已是一个小有名气的青年作家。在一个不大的城市里，我们很自然地聚到一起。也许是气味相投、今世有缘，我们很快成了胜似兄弟的好朋友。

我单身一人住在单位宿舍，离郝炜家的南小区住处不远。如果哪天不想在食堂吃饭，我就会去他家改善一下伙食。当然，那时候的伙食远没有如今这般丰富，好像粮票还在使用，但郝炜和嫂子老于（嫂子那时还不到三十岁，郝兄总喊她老于，我们也习以为常，想必这是他们夫妻间的爱称吧）却总能整出几个荤素上桌，让我清汤寡水的肠胃过一把瘾。

不久，在矿专任教的张亦辉也时常坐到郝家的饭桌上。一大盆菜蔬端上桌，蘸着他家自制的东北大酱，三兄弟总要喝上两杯，然后便漫无边际地扯谈。谈沈从文、汪曾祺、林斤澜，谈贾平凹、阿城、何立伟，谈马原、洪峰、残雪，谈余华的《十八岁出门远行》、苏童的《桑园留念》、格非的《迷舟》，还有孙甘露、杨争光、黄石、吕新……当然也会扯到海明威、马尔克斯、博尔赫斯、普鲁斯特、卡夫卡……

郝炜那时已在一些名刊上发表小说，他的构思灵巧、文字诗情画意、清新优美，且出手又快，在格子纸上一遍成稿，干净利索，让我和亦辉由衷佩服。

郝炜待朋友真诚宽厚，对家庭担当慈爱，实为做人之楷模。嫂子那时候在淮大（现淮海工学院）上班，离家路途较远，路边皆荒滩野地，郝炜便天天骑着自行车接送她。两人亲亲然如热恋初婚。郝炜的小内弟，随姐姐一家来连云港。郝炜对他关爱备至，费尽周折，给他找工作上班，其殷殷之情，让人赞叹！

与我们交谈时，郝炜常常流露出浓浓的思乡之情。他说他的根在东北，他的创作之源在东北，总有一天，他还要回家乡去。没想到，这一天来得太快，1988年秋天，他就带着家人迁回了吉林。

郝炜离开连云港后，我和亦辉的失落感持续了很长一段时间。有一次，我跟亦辉说，我在街上看到一个人，长得很像郝炜。亦辉说，是有这么个人，我也看到过，好像就住在南小区这一带。于是两人约好，傍晚时分，在南小区的西边路口，专门等那个人出现。还真让我们等到了，那个人来了，个头不高，脑袋不小，大脑门儿，带眼镜儿……这些与郝炜的特征基本一致。但这个人当然不是郝炜，他的脸上没有那种眯眯的微笑，亦辉说的"弥勒佛一样的微笑"。面相心生，那种微笑是内心世界的自然流露，只属于我们的郝大哥！

一去十年，十年沉寂。1998年前后，郝炜的名字突然在大江南北、长城内外遍地开花，他的中短篇小说在《人民文学》《北京文学》《青年文学》《作家》等大刊频频亮相，并入选《小说选刊》《小说月报》及各种年选，把小伙伴们一下子都惊呆了。一时间，我和惊涛、亦辉等文友常拿着载有郝炜新作的刊物奔走相告、津津乐道，我们为有这样一个朋友感到自豪和骄傲。

2001年冬，我到黑龙江省牡丹江市出差，虽时间紧张，但我知道这是个机会，我要想办法去一趟吉林，去看看分别十三年的郝大哥。

因为事先有诸多不确定因素，我没有提前告诉郝炜，就坐上火车，从牡丹江、延吉、敦化一线，到达吉林市。我直奔《江城日报》社，突然出现在郝炜面前。

我们惊喜，我们相拥，我们感叹，我们的眼里闪着泪花。郝炜没有变，我们的友谊没有变，十三年未见，兄弟情深仿佛昨天！我在吉林住了两天，郝炜带我去松花江边看雾凇，去丰满水库看水墨画般的远山雪景，去向阳屯吃东北大餐……

自然聊到他的小说。他告诉我，他的小说创作正处于一个高峰期，但单位这时候突然给他压了担子，让他担任广告中心的主任。这是个重担子，事关单位的经济命脉，任务艰巨，小说的写作只得放一放了。我说这太可惜了呀，你差一步就大红大紫了，这个时候做这个主任干吗？他笑笑说，小说啥时候拾起来都能写的，人家领导看得起咱，信任咱，又是以前的老上级，待咱不薄，你说我能撂挑子？再说咱也要证明一下自己，不光能写小说，经济方面也照样搞得好！

我想是的，不管干什么，只要是郝炜认准的事，他一定会干得出众，干得精彩！

岁月匆匆，一晃又过了七八年。这些年，我虽然以写纪实稿件谋生，但国内的主要文学期刊我从没有断过关注，我一直没有看到郝炜的名字。难道他做了广告主任，就再也不写小说呢？不会的！我知道，对文学的热爱已经渗入他的骨髓他的生命，他又写得那么好，他一定不会放弃的。

果然，到了2009年，我在《人民文学》上一下子看到他的两个短篇《卖果》和《盘鹰》。宝刀不老，出手不凡啊！接着，又在《上海文学》《作家》《山花》等多家刊物上看到他的小说，比当年显得更加沉着和老练。记得我当时正好和陈武去杭州找惊涛、亦辉，我们不约而同地谈起郝炜，我们感觉到他的创作高峰期再次来临，而且是火山爆发，有可能冲击全国最高奖项。

感谢网络，让我们的联系变得方便快捷。2011年初，郝炜的散文集《酿葡萄酒的心情》在网上热销，并由此引出"轻散文"这一概念。我上网一搜，看到他的新浪博客，赶紧加为好友，于是他的最新动态，就都在我的眼皮底下了。我还经常翻阅他往日的博文，那些精彩的小说和散文，让我如食甘饴，如品佳茗。

不久，我从博客上得知他携嫂子到深圳、香港等地旅游，回来时还去了杭州，受到惊涛和亦辉的盛情接待。我甚感遗憾，发了个信息，问他怎么不到连云港来看看。他回我信息道：你嫂子没钱啦，我们也打算去看看你的，可是把钱花光了。苏杭的丝绸太好了，你嫂子买了衣服围巾又买被褥（给宝贝儿子），一下子花光了，哈哈。她说下次去，到时少不了给你添麻烦。

2012年底，我突然看到郝炜患脑溢血的消息。好在他此时已出院，还写起"住院的经历"，想必治疗效果尚佳。我给他留言：没想到兄的身体出现如此状况！前些日子陈武说在济南开会见到你了，说起你的身体，我很忧心。之前在晶林（《连云港文学》编辑）处拿到你捎给我的两本书（《匿名》和《酿葡萄酒心情》），我放在床头，都看完了，很喜欢。最近我在写一些小散文，正想把看书时的感想和对你的想念写一写。刚看到你的这个博文，心里酸酸的。千言万语，归结一句话：兄多保重！明年开春去看你。

留言中提到陈武说的情况，是他在济南《当代小说》开会时，与郝炜同住一室，得知郝炜身患糖尿病，需每天自己注射胰岛素。

开会回来后，陈武把这事告诉我，我心里就特别牵挂。但糖尿病是慢性病，唯有期盼他平时多注意多保重了。

2013年3月，我到北京办点事情，打算从北京再乘车去吉林。临行前，我与住在松原市的刘放联系，他让我到了长春打电话给他，两人一起去，他也好多年没见郝炜了。到北京后，我拨通了郝炜的电话。没想到巧了，这几天他正在北京给儿子搬家，我不用去吉林就能看到他了。

两人都很激动，约定第二天上午见面。那天郝炜早早地就到地铁口等我，我从另一个地铁口出来，便直奔他所在的小区大门口，岂料这小区另有大门，在另一条街上，我俩走岔道了，来回折腾了个把小时才见上面。

看到大病初愈的兄长，说话动作还有些迟缓，我握住他的手，潸然落泪。郝炜的眼圈也红了，拍拍我的手说，没关系，脑袋没受影响，好使着了，小说还照写。

中午他请我到酒店，两人还喝了点啤酒。分别时，他执意送我到地铁口，直到我走远，在拐角处回望，他还朝我挥手示意。

后来，他在博客里给我留言：哥们，北京一面我也很激动，我眼巴巴地看着你走进地铁站，直到看不见你的身影还在望。时间越久，怀念越长。

没想到，这一次见面，竟成永诀！

2014年一开年，看到的都是喜事，他的长篇小说《匿名》获吉林省政府长白山文艺奖，《过着别人的日子》在作家社出版发行，中篇小说《磐石往事》在《人民文学》第三期发表。我正充满期待，去品读他的大作，却传来他生命垂危的噩讯！

我祈求苍天开眼，奇迹降临，让他逃过此劫。我给惊涛、刘放发纸条，愿朋友们一起为他祈祷。但噩耗还是传来：3月22日凌晨，郝炜的心脏停止了跳动。

再也见不到你了，我敬爱的兄长！我泪水长流，向着遥远的北方跪拜！

斯人已逝，但他美好的文字长留人间！